[redacted]

關於 江國香織 Kaori Ekuni

1964年生於東京，出身文學世家，畢業於目白短期大學國語國文科，以輕盈卻直逼人心的愛情故事見長。

其著作本本備受矚目，更是各類文藝獎項的常勝軍；目前在日本文壇，可謂與村上春樹齊名的暢銷女作家。

暢銷作品

《游泳既不安全也不適切》
方智出版社2003年出版

《冷靜與熱情之間》（紅）
方智出版社2002年出版

《與幸福的約定》
方智出版社2001年出版

《芳香日日》
方智出版社2001年出版

《神之船》
方智出版社2001年出版

《我的小鳥》
方智出版社2001年出版

歷年得獎紀錄

＜草之丞的故事＞(1987)
每日新聞小小童話大賞
(收錄於方智2001年出版的《與幸福的約定》。)

＜409拉朵克里夫＞(1989)
日本第1屆女性文學獎
（為中篇小說，收錄於《江国香織とっておき作品集》。）

《芳香日日》(1990)
第7屆坪井讓治文學賞與第38屆產經兒童出版文化賞雙料榮譽

《愛我請告訴我》（1991）
第2屆紫式部文學賞

《我的小鳥》（1997）
第21屆路傍之石文學賞

《游泳既不安全也不適切》（2002）
第15屆山本周五郎賞

《準備好大哭一場》（2003，**暫名**）
第130屆直木賞

※書名後的年代為作品最初出版或刊載年代。

寂寞東京Tokyo鐵Tower塔

戀愛不是用談的，是墜入的。

江國香織 著　陳系美 譯

I

世界上最悲傷的景色，莫過於被雨淋濕的東京鐵塔。

小島透只穿著運動短褲和白色T恤，喝著即溶咖啡，陷入沈思。

爲什麼呢？爲什麼看到淋濕的東京鐵塔，會感到一股悲傷沈沈地壓在胸口。從小時候就一直這樣。

這是一棟位於山坡上的公寓大樓，透從嬰兒時期就住在這裡。

「在金錢上當然是很寬鬆，可是跟母親一起住不會覺得很煩嗎？」

最近，耕二終於這麼對他說。

「不過你媽跟一般的母親不太一樣，說不定滿不錯的。」

耕二和透從高中就在一起。兩人念的是都內數一數二的明星高中，成績都是比較好的。然而，他們的共通點也只有這個。

下午四點。詩史就快打電話來了。透心想，什麼時候開始？究竟從什麼時候開始，自己會像這樣等著她的電話？

當透表明想買手機時，卻被詩史嗤之以鼻：「不要用那種東西，感覺好輕浮哦！」

明明自己擁有手機，卻對透這麼說。

詩史的手機繫著一條絹絲編的吊飾，如夜空般冷然的藍色手機吊飾。

「這是妳自己做的嗎？」

有一次透這麼問。詩史說，怎麼可能，這是店裡的女生做的。

店。一家位於代官山、奇特的店，裡頭賣家具、服飾，還賣食器，是所謂精品店之類的店。最近一次去的時候嚇了一大跳，裡頭竟然連狗項圈和狗碗都有，而且還貴得要命。

詩史店裡的東西都是這樣。透心想，詩史真是什麼都有啊。有錢，有自己的店，還有丈夫。

四點十五分，電話還未響起。透不甘不願地啜著變涼的咖啡。他喜歡即溶咖啡，覺得即溶咖啡比濾泡式更適合自己的個性；喜歡它淡淡的香氣，而且沖泡方式也很簡單。

簡單是很重要的事。

透出生於一九八〇年三月。爸媽在他上小學那年就離婚了，之後他一直跟母親住。

他會認識詩史，也是經由母親介紹的。

「她是我的朋友。」

母親這麼說，把詩史介紹給透認識。那是兩年前的事，透才十七歲。

詩史有著修長的手腳和濃密的黑髮，穿著一件白上衣和深藍色的裙子。

「你好。」

她的眼睛和嘴巴都很大，擁有一張輪廓分明、異國風味的臉龐。

「陽子，沒想到妳已經有個這麼大的兒子！」

詩史仔細端詳著透，說：

「妳兒子有張頗富音樂性的臉。」

這話是什麼意思？透無法理解，但也沒有多問。

「高中生？」

是啊。他還記得自己回答的聲音裡，帶著不高興的語調。

第二年的大學生活實在很無聊，這陣子透不太去上課，偏偏點名嚴格的都是一些教課無聊的老師，讓人覺得有點煩。透放了一張「Hi-Posi」（譯註：樂團名）的CD，聆聽甜濕卻輕快的歌聲，眺望著玻璃窗外被雨淋濕的東京鐵塔。

大學女生爲什麼那麼愚蠢呢？耕二隔著紗窗，聽著流進屋頂排水管嘩啦嘩啦的雨水聲，黯然地想著。最糟糕的是身體沒有魅力，不是瘦得像根竹竿，就是胖嘟嘟的像顆球，實在太扯了。

不過，去年聯誼時認識的由利，交往過一陣子，她還算比較聰慧的。可能是一直在游泳的關係，身材顯得非常緊實，挺不錯的。

「好餓哦！」

躺著看電視的橋本說。

「有沒有杯麵？」

「沒有！」

耕二回答，接著補上一句：飯倒是還有。

他總是煮一大鍋飯，冰在冷凍庫裡。

「爲什麼這個時間會肚子餓呢？兩餐之間吃東西會胖哦！」

耕二說著站了起來，去幫這個唯一興趣是聽說書的怪胎朋友做炒飯。用雞肉和蔥熬的湯也是用密封袋裝起來冷凍，解凍後，附上這麼一碗雞湯。

「你挺殷勤的嘛！」橋本由衷感謝道。

「還好啦。」耕二回答，點燃一根菸。

告訴他年紀大的女人的好處的人是透。透是耕二高中時代的好朋友，也是耕二唯一不把他當蠢蛋的人。那時候，耕二幾乎把每個人都當蠢蛋。

「你還會在這裡嗎？」

耕二問邊看電視邊吃炒飯的橋本。

「會啊。」

「哦，好。」

橋本講話很直爽，不會顧慮東顧慮西，耕二很欣賞他這一點。他換了衣服，在頭髮上抹了點慕絲，戴上手錶。

「那……我去打工囉！」

耕二留下鑰匙出門去了，帶了一把傘骨已經歪掉的塑膠雨傘。

他現在的生活以打工爲中心，當然課還是會上，但是晚上、包括週末每天都在工作。爸媽都還健在，而且寄來的錢也很夠用，過的算是滿豐裕的學生生活。不過零用錢這種東西是不嫌多的，他在撞球場擔任服務生的工作很輕鬆，收入也不錯。

今年暑假他去當游泳池的監視員，和在這裡遇見的女孩有了美好的回憶，使得打工變成有趣的事。此外，短期打工只要肯找也到處都有；他從道路工程居民問卷調查的回收到洗盤子，甚至連笨拙畫家的裸體模特兒也做過。

耕二覺得那個工作的收入眞是棒透了。畫家在街上直接叫住他，是個瘦巴巴的老爺爺，他說，如果耕二願意去他吉祥寺的住處工作，就付時薪一萬圓。老爺爺畫了一大堆素描，耕二只是抱著膝蓋坐在那裡，便賺了三十六萬；而且老爺爺喜歡肉食，三不五時還請他吃牛排。

十一月，在前往工作地點的JR電車裡，耕二打盹三十分鐘。在任何地方都能睡得著是他的特長，而且到站之前一定會醒過來。耕二相信自己的身體，當然，腦袋也是。

他從小成績就很好，國立大學也是隨便考就考上了。但是，問題不在這裡。

「自己的事要自己決定。」

耕二的父親從小就這麼教育他。

「決定之後，就付諸行動。」

所謂腦筋聰明，指的是行動能力。耕二是這麼認爲的。

晚飯在員工餐廳吃。同一棟大樓裡，有著和撞球場同系列的餐廳，可以從那裡外叫餐點。工作人員一般有六個，包含女生，大夥兒都穿白上衣黑長褲的制服。也就是「由利」說，他穿起來很適合的制服。由於這句話，使得耕二開始懷疑由利的品味，因爲他相信自己是適合穿牛仔褲那一型的。

打卡後，和白天班的工作人員換班。窗外，對街大樓的霓虹燈，被雨淋得更加閃亮動人。

五點多，電話終於打來了。

「對不起，這麼晚才打。」詩史小聲地說，「你能出來嗎？」電話裡的聲音總是擔心、害怕。

「嗯。」透簡短地回答後，滿心歡喜地補上一句「太好了」。接著又說：「那麼，『芙拉妮』見囉！」

語畢，透一如往常地不知如何掛電話，依然拿著話筒，不曉得怎麼面對這種懸在半空中的心情。

「有一塊很適合你的香皀。」

第一次見面時，詩史對透這麼說。

「香皀？」

「對啊，從英國買進來的，一開始就是爲了給男人用的。我這兒的客人幾乎都是女生，不過，拿來當作送給男生的禮物挺不錯的，就決定擺在店裡了。眞的很適合你哦。」

幾天後用宅配送來了。一塊小小的、橢圓形、乳白色的香皀，散發著梨子的香氣。

「芙拉妮」的大門又大又重，裡面細細長長的，右邊有個櫃台。透推門一進，詩史已經坐在裡面喝著伏特加。她喜歡喝點烈酒。

「你好。」

詩史將凳子轉了一半、整個人微微前傾地說。她穿著一件織孔稀疏的白色毛衣，一條灰色長褲。

「最近老是下雨，眞討厭。」

語畢，將凳子轉回原位。透在她身旁坐下，點了啤酒。

「最近過得怎麼樣？」

已經兩個禮拜沒見到詩史了。

「還好。」

透回答，身體依然前傾，想用全身來感覺坐在左邊——非得伸手才能觸及的距離——的她的存在。

香皀送來之後，有一陣子詩史沒有任何聯絡。

「陽子在嗎？」

打電話來找母親的那天，要不是母親不在的話，現在或許就不可能和她坐在這裡了。

「你說說話啊。」

詩史說，骨感的手腕上戴著一支奢華的勞力士錶。

「說什麼？」

「什麼都好啊！比如說學校的事，現在在看什麼書，或是現在想什麼。」

透喝了一口啤酒回答：「學校啊……我覺得應該能夠畢業。」接著又說：「還有，校舍的後面，有個地方還開了地榆花。」

「你喜歡地榆花？」

「嗯，滿喜歡的。不過前陣子發現那裡的時候，已經變成乾燥花了。」

「你們大學很大嗎？」

透回答並不大之後，隨後又補上一句：「跟高中比起來大很多。」

「這樣啊。」

詩史說，視線徘徊在排滿酒瓶的酒櫃上。

「至於書，最近不太看書。」

透繼續坦白地說。

「而現在想的事情……」

想和妳上床。

「想什麼事呢？」

轉過來的，是詩史沒有化粧的臉。

「腦筋一片空白。」

詩史沒有出聲地笑了笑，只有短短一瞬間，接著說：

「我以前念的小學後花園裡種了很多繡球花。」

「小學？妳回溯得還眞遠啊。」

詩史思索著，用手指輕觸酒杯裡的冰塊。

「大學校園裡有哪些植物，我完全想不起來……一種也想不起來，眞是怪了。」

「可能是妳沒有單獨在校園裡逛過吧？」

透說，爲自己語氣中帶著輕微的嫉妒感到困惑。

詩史似乎沒有察覺到他的妒意，卻也毫不膽怯地承認：

「是啊，或許是這個緣故。」

接著兩人都叫了第二杯酒，默默不語地喝著。

•

透心想，那時候的電話，幾乎都是打給母親的吧。

「哎呀，眞不巧，我剛好來這附近辦事，想說順便找她出來喝杯酒。」

告訴她母親不在後，她有點落寞地這麼說。

「如果改叫你出來的話，我八成會被陽子罵！」

「我想我媽應該不會罵妳吧。」

透這麼說之後，詩史把店名和地點告訴他，之後好像突然想起什麼似地問：

「啊，可是……你會喝酒嗎？」

突然，透懷念地想起他對詩史講話還使用敬語的時候。

就這樣，剛認識的時候，透沒有跟女性交往的經驗，而詩史已經結婚了。沒有小孩，但相對的擁有一間店和自由。

萬萬沒想到的是，他跟詩史的事竟然使得耕二蠢蠢欲動。

「眞好命，你的對象是個成熟女人。」

耕二說出這種話。還說：「被玩弄還好，被拋棄了可別尋死喔！」或者，「她只是貪圖你年輕的肉體！」

剛好這陣子，社會上爲了高中女生援助交際的事議論紛紛。透念的高中，女生很少，而且大多是正經八百的女生。不過在街上看到的高中女生，的確穿著超短的裙子，用厚襪子強調那雙肥腿走在路上。

「眞是難以置信！」

耕二肩上背著卡其色的背包，一邊穿越自動剪票機，一邊說著：

「居然有老頭子會上那種女生的當！」

接著，說起話來一向沒什麼品的耕二嘆了口氣，大言不慚地說：

「我也好想跟年紀大的女人上床。」

當然，透和詩史之間沒有金錢交易。被拿來和援助交際相提並論，這讓透有點不服。但是由於和事實相差太遠，連氣都氣不起來。

詩史和自己之間發生的事，應該沒有人知道。

「吉田她媽媽怎麼樣？」

當初耕二說出這句話時，老實說，應該阻止他才對。

「不錯啊，感覺上滿漂亮的。」

結果透這麼說。因爲他認爲和同班同學的母親交往，根本是不可能的事。

而今，透深深領會到，他實在太小看耕二奇矯的行動力。

兩年前。

自己的人生，從那時候宛如果凍般開始凝固。緩慢的、靜靜的、變成沒有味道的果凍，哪有心情去管耕二的那檔事。

「我也該走了。」詩史喝乾伏特加之後說：「能見到你眞好。」

買單之後，又微笑地說：

「下次找時間再慢慢聊，一起吃個飯吧。」

從凳子上下來看看手錶，喃喃地說：

「外頭還在下雨嗎？」

「不知道耶。」

七點半。她一定和丈夫約八點在某家餐廳吃飯，透導出這個結論。

「我再打電話給你。」

詩史語畢，迅速離開這家店。

透原本以為可以和她共進晚餐。

剩下的啤酒也不想喝了，透有點恍神地看著四周。看到掛在牆壁的黑板上寫著牛排三明治時，意識到自己的空腹。

從什麼時候開始？究竟從什麼時候開始，居然變成連食欲都會忘記的狀態。

店裡人越來越多。插在大花瓶裡的花，嘲笑著被單獨留在這裡的透。

2

乖乖上完上午的課，耕二去商店買了三明治，坐在校園的長凳上，五分鐘就吃完了。

這是個天氣晴朗的正午時分。耕二很少在學校餐廳吃飯，萬一坐在愚蠢傢伙的旁邊，他怕愚蠢會傳染給他。

今天不用打工，下午只有一堂課，課後和由利見面，接著和透有約。

將包裝紙和咖啡紙杯丟入垃圾桶後，耕二去公共電話亭打電話。趁著電話鈴聲還在響的時候，點燃一根菸。

「喂，這裡是川野家。」

應答的是，一點都不像三十五歲、聲音聽起來很年輕的喜美子。

「喂，哪位？」

沒有必要報上名字。

「耕二嗎？」

喜美子用急促的口吻說：「哇！今天天氣眞好！」隨後又問，「你在哪裡？」

「學校。」

耕二一邊想著喜美子細緻美麗的雙腿，一邊說：

「我剛吃完午飯，想聽聽妳的聲音。」

吸了一口菸，由於陽光太刺眼而瞇起眼睛，對著藍天吐菸。

「你是故意討我歡心的吧。」喜美子故意頓了一下才說。

「眞過分，我是認眞的。」耕二對自己低沈的聲音頗爲滿意，「晚上又不能打電話給妳。」有點撒嬌、鬧彆扭的繼續說，「妳又不肯出來跟我見面。」

這時，橋本走在圖書館前的路上。耕二舉起一隻手向他打招呼。

「你聽我說！」喜美子連忙出聲，「我也想見你啊！每次一回過神來，我發現自己都在想你。」

耕二扔掉菸蒂，用球鞋踩熄。

「回過神來？」

此時橋本已經站在眼前。

「我無時無刻都在想妳。」

這不是謊言。接下來是一陣短暫的沈默，他知道喜美子在電話那頭已經心動了。眞想立刻飛奔過去，緊緊地抱著她。

「對不起！」耕二道歉，「我可以再打電話給妳嗎？」

明明已經十一月，今天倒是很暖和，穿著毛衣待在向陽處還會微微出汗。

「我還正想問你，你會再打電話給我嗎？」

耕二微微一笑，喜美子也輕輕笑了起來。

「我會再打電話給妳。」

語畢，耕二掛了電話，耳際依然殘留著喜美子開朗、清亮的笑聲。

「我無時無刻都在想妳。」橋本模倣耕二的口吻，小聲地說。「你還眞會甜言蜜語啊！」

上星期一在WAVE找到唱Marie Frank主題曲歌手的CD，試聽之後很喜歡，放棄原本想買的Hi-Posi，買了這張CD。透從一大早就一直在聽這張CD。

這是個令人心情愉悅的大晴天，突然想把鞋子拿出來擦一擦。鞋子髒兮兮的會給人一種窮酸的感覺，他不喜歡。

透坐在有點昏暗的玄關，擦著自己的鞋子，看到母親脫在那裡的高跟鞋；那是一雙很美的鱷魚漆皮加工過的高跟鞋。母親昨天很晚才回來，都已經快中午了，還沒有出寢室。

小學的時候去朋友家玩，在朋友家的玄關看到他母親的鞋子震驚不已。那是一雙舊舊的咖啡色高跟鞋，整個鞋子幾乎已經完全走樣，難看得要命。

如果自己母親也穿這種鞋子，不知道會有多奇怪。

那時，透這麼想著。那個同學的母親很慈祥，看起來的確像個家庭主婦。透的母親是女性雜誌的總編輯。實際金額不清楚，但薪水滿高的。和父親離婚的時候，除了這棟房子和透的養育費——到大學畢業爲止，半年支付一次——之外，連贍養費都敲了一大筆竹槓。

雖然離婚的原因是父親外面有女人，透覺得父親也很可憐。

現在偶爾還是能見到父親，但是透並不特別喜歡他，卻也不討厭他。他和朋友經營設計事務所，是個建築技師，已經再婚，也有小孩；他的個子不高，說起話來沈穩大方，興趣是河釣。

小時候，父親曾經帶透去露營過一次。那是父母離婚後，大約兩年左右的事。夏天，蚊子、螞蟻很多（透很怕蟲子），由於前一天下過雨，踩得滿腳都是泥濘。營地的廁所又小又髒，關上門後令人作嘔；蕎麥湯麵吃起來冷冷的，用竹籤串起來的魚不知道從哪裡吃起，吃起來也索然無味。露營跟透的個性不合。

透完全不了解自己父親是個怎麼樣的人，即使見了面也沒什麼話說，也沒有聽母親談起過父親的事。關於父親的新家人，也只有在照片裡看過。

儘管如此，爲何會想和母親這樣的女性結婚，而實際上也過了九年的婚姻生活，透一眼就看出端倪。

原來父親是個外表看不出來的冒險野狼。透對於他這種冒險精神，有佩服、有慰勞，也有同情；雖然不尊敬，卻深切地想對他表示敬意。

「哎呀，透，你回來啦？」

背後傳來聲音，回頭一看，穿著藍色睡衣的母親正站在那裡。

他不是回來了，而是一直都在家裡，但是透沒有訂正。母親剛起床的臉色很難看，頂著一頭睡得散亂不堪的亂髮。

「幫我沖杯咖啡好嗎？」

語畢，母親快步走進浴室。浴室的門關上後，走廊上只殘留著母親常用的香水味，熟悉的香水味。

透走進廚房，用咖啡機煮咖啡。

今天傍晚和耕二有約。在那之前只有一堂課，乾脆去上課吧。將意欲和學分放在天秤稱了一下，透作了這個決定。

辦完事後，由利立刻起身穿衣。耕二雖然沒說過什麼，但是每一次都覺得很不舒服。

雖然他也知道這樣總比兩人一直黏在狹小的床上廝混好得多，不過由利的態度，也可以想作是「害羞」或「純眞」的表現。

「明天可以去你的店裡玩嗎？」

由利邊問邊清洗上床前吃的蛋糕盤子，還有浮著檸檬片的紅茶杯子。

「明天？」耕二起身，一面穿著褲子，一面回答：「可以啊！」

四點半，差不多該出門了。他跟透約六點見面。今天有三件預定做的事——打電話給喜美子，和由利做愛，和透見面——其中，耕二最期待的是第三件。從暑假以來，一直沒有見到透。

「太好了！」由利開心地說：「你要再幫我做『那個』呦！」

由利說的「店」，指的是耕二打工的撞球場；「那個」則是特地為由利調製的雞尾酒——檸檬酒。

「不過，妳可不要像上次一樣自己一個人來哦，我沒有辦法送妳回家。」

「不會有事的啦！」

洗完杯盤後，由利故意拿出自己的手帕擦手。

「你就是愛擔心！」

是妳自己不知世間險惡。耕二心想，但沒有說出來。

穿上T恤、牛仔褲，再披上外套，耕二只說了一句：

「走了。」

好久沒來涉谷了。

大學在中央線的沿線上，所以喝酒之類的聚會經常都在吉祥寺或新宿。涉谷這一帶的輕薄喧囂，耕二不太習慣。穿越鐵路平交道，加快腳程前往約定的店。

由利要去買東西，和耕二在吉祥寺分手。

「代我向你的好朋友問好。」臨別之際，由利這麼說。

好朋友。耕二和透是在高二的時候熟稔起來的。耕二和誰都可以輕鬆哈拉、打屁，但內心其實瞧不起對方。然而透和他不一樣，透好像沒有瞧不起過誰，卻是個超難相處的傢伙，午休時間竟然一個人在看書。看書！剛開始，耕二以爲這是透爲了引起女生注意的伎倆，當然女生對書本沒啥興趣，這一點耕二自己也很清楚。

透和母親兩人住在一起，第一次去他們家玩的時候，被屋內簡單瀟灑的氣氛震懾住了。該怎麼說呢？沒有多餘的東西。當時耕二還住在老家，爸媽並不是沒有錢的人，不過家裡亂七八糟，不是父親的高爾夫球具，就是母親喜歡的法國刺繡座墊，是個充斥著無聊東西的空間。

透雖然是個超難相處的人，不過他沒有排斥耕二。儘管找他一起去考機車駕照時被他拒絕了，之後感情當然還是很好；放學後找他一起去泡妞，他也經常會露個臉。

耕二和透有幾個共通點，例如：個性謹慎、不會被周遭的人所左右。至少耕二是這麼認爲。

此外，還有年紀大的女人。

兩人都喜歡和年紀大的女人交往。這時，耕二又想起喜美子的笑聲，覺得年紀大的女人比較純真。

只是，有一個決定性的不同，那就是耕二的情況是計畫性的。耕二想著，進入了電梯。

最初是厚子小姐。

他覺得很對不起厚子，也對吉田過意不去。

「我爸爸好可憐哦！」

吉田說這話的語氣滿是責難，但眼裡浮現的不是責難，而是痛苦、難過。

那時，耕二下定決心，再也不碰有小孩的女人。

到了三樓，電梯的門開了。遲到五分鐘。店裡人潮還不算擁擠，透坐在裡面喝啤酒。

耕二遲到了五分鐘，拉動椅子嘎嘎作響，在透的對面坐下。

「你看起來不錯嘛。」耕二說。

當透向店員要菜單時，耕二又說：「啊，我餓昏了，中午只吃了三明治。」隨手拿起店員拿來的濕巾擦擦手，點了啤酒和雞翅、一盤豆腐、還有烤牛肉。

透比耕二高四公分。不過眼前這位朋友，在透的眼裡看來，每次見面都覺得他的體格越來越碩大。有些人在和不在幾乎沒什麼差別，但耕二剛好相反，遲早會意識到他的存在。

「這是存在感的問題吧？」

透察覺到自己好像把耕二當作弟弟看待。

「什麼存在感？」

耕二暢快地喝著剛送來的啤酒，立刻吃起小菜。

「就是你的體積。」

「體積？」

「光只是存在那裡就覺得很吵。」

耕二露出訝異的表情。

「這話是什麼意思？」

「沒什麼，隨便說說而已。」

透喜歡耕二是無條件的，是單純的，這和耕二的優缺點無關。

譬如說，耕二那個手錶——銀色的卡地亞（Cartier）錶，他說是去當繪畫模特兒賺來的錢買的。透就不會去買這種錶，品味低級，而且一定貴得要命。

高中的時候，耕二還會用整髮劑，透覺得臭死了。

「人和人之間，大概是藉由氣息互相吸引的。」詩史曾經這麼說過，「在個性或者容貌之前，首先是氣息，也就是那個人對周遭所釋放出的氣息。我相信這種動物性的東西。」

耕二談到「橋本」的事。在耕二的口中，他是個「很有意思的傢伙」，最近經常提起這個名字。

「這個人眞的很另類。到人家家裡去只顧著看電視，說要介紹女朋友給他，他也沒興趣。」

耕二好像很欣賞這個「橋本」。

「都十九歲了居然對女生沒興趣，這很異常吧？」

兩人差不多把點的菜吃光了。

「像你對女生這麼有興趣也是異常。」

猶豫著最後要不要吃點烏龍麵。

「哼！」耕二笑了笑打馬虎眼，「十七歲就陷入愛欲的傢伙沒資格講我！」

在耕二眼裡，看起來或許是這樣。透緘默不語。

「我也想跟你的詩史見個面。」

「詩史」這個名字從別人嘴巴說出，好像完全變成另一個人。彷彿和透熟識的那個詩史沒有任何關係。

「總有機會的。」

透簡短回答後，叫住店員點了烏龍麵。

「啊，我也要！」

耕二說，之後兩人默默地吃著烏龍麵。

外頭的空氣冷冽，在這條充滿霓虹燈的路上，也看得到星星。透和耕二之間，沒有去吃第二攤的習慣。一群人出來吃喝的時候大多會去吃第二攤，不知道爲什麼，兩個人的時候就不會。

「今年過年之前我們會再見面吧。」耕二說。

「應該會吧。」

透的「應該會吧」，就如字面說的，表示他想再見面的意思。可是耕二顯得不太高興，大聲地說：

「你好冷漠哦！至少一個月見一次面嘛！」

透不禁苦笑。

「可是你很忙不是嗎？還要忙打工什麼的。」

耕二的忙碌情況，從高中開始一直沒變。

「是很忙啊！」耕二抬頭挺胸地說：「可是我會騰出時間啊！對於必要的事，我會騰出時間。」

耕二說得斬釘截鐵，透覺得很幸福。

「反正我很閒嘛。」

兩人在人群雜沓的街上邊走邊聊。

「我也是什麼時候都可以。」

人群雜沓的街上，有下班回家的人，有高中生，來來往往從不間斷。透很喜歡涉谷這個地方。詩史比較喜歡青山，而透覺得涉谷比較無拘無束。

「太極端了。明天不行啦！騰不出時間！」

「我知道啊。」

夜風甜美，感覺到它溫柔地浸潤著肺。

回到家，已經九點半。母親還沒回來，透喝了一杯水，沖了個澡。想打個電話給詩史。現在已經可以隨時打電話給她了，因爲是手機，別人不會接；不方便接的時候則會關機。

不方便接的時候，是在洽商談生意？在睡覺？還是跟她老公在一起？

詩史和她老公，每晚都會喝點小酒。

「我們兩個人都有工作啊，很難找到時間在一起。」詩史如此說明，「吃飯也都個別吃，我又不喜歡下廚做菜。」

透想起去過好幾次詩史的家，客廳擺著一尊小小的觀音像。

「很美吧。」

觀音像伸展著四隻華麗的手，詩史說間接照明看起來比較穩重，在經過挑選的燈光下，泛著靜謐的深茶色光芒。

大概是在那個房間喝酒吧？詩史喝的是她喜歡的伏特加？或許在聊著一天下來

發生的事情？說不定也有放音樂？詩史喜歡比利喬（Billy Joel）。

透決定就這樣上床睡覺，電話明天再打就好。

3

「去給籃球隊加油？」

詩史將半熟蛋包烤蘆筍——詩史來這家店一定會點的前菜——切成一口大小地吃著，很開心地反問：

「明明沒興趣，爲什麼要去呢？」

透過玻璃窗，可以看到帶有小燈泡的樹叢。

「因爲朋友找我去。」透有一句沒一句地回答，「反正閒著也是閒著。」

詩史有點納悶，定睛看著透。

昨天，透和大學的朋友們去看籃球社的比賽，這件事跟詩史說過了。比賽很無聊，球賽的第一回合戰有兩場，分上午和下午舉行，透就讀的大學在上午打贏了。透只顧看著窗外，窗戶的位置滿高的，只能看到樹枝和天空。

「昨天星期六，妳在做什麼呢？」

透想轉換氣氛，啜了一口紅酒出聲問。

詩史回答。她的食指戴著一只紅色的大戒指，透覺得在那麼小的手上戴著一個大戒指，綻放出一種孩童稚氣般的美麗。

「我在店裡啊。」

詩史吃得不多。主菜向來只有一道，把它收進胃裡成爲透的工作。

「再多說一點話嘛！」

詩史說。和透在一起的時候，她總是這麼說。

「你講話的感覺讓人覺得很舒服，而且遣詞用字都很好。」

「遣詞用字都很好？」

透這麼一反問，詩史說：

「對啊，坦誠的語言，眞正的語言。」

兩年前，他們第一次見面的時候，詩史也這麼說，叫他再多說一點話。那是代替母親被叫出來的，在一家稍顯昏暗的酒吧喝酒的日子。

「我會叫計程車送你回家。」

詩史這麼說，透於是跟詩史走去她家。

「可以牽手嗎？我討厭走路不牽著我的手的男生。」

走著走著，詩史用手機叫計程車。一到詩史家，計程車已經停在門外等了，透跟一張一萬圓鈔票一起被推進後座。踏進那間擺有觀音像的客廳，以及有著紅木桌子、用深藍色和咖啡色裝飾氛圍沈靜舒坦的寢室，是半年後的事了。

這是兩年前，透在自己的生活裡加入詩史的日子。其實並不想讓她加入，可是她就這麼進來了。

透一邊解決淋著甜醬的鴨肉，一邊談起耕二、和耕二在涉谷見面的事。他經常提起耕二，詩史也都記得了，宛如在談共同朋友似的，聊得很開心。不僅如此，好像也變得很熟似的。

「耕二的臉長得很像猩猩嗎？」

詩史突然這麼問道。

「猩猩？不，他不是那種臉。」

透楞了一下答道。耕二的臉型更加稜角分明。

「怎麼？不對嗎？」

詩史說，點燃一根菸，輕輕一笑，把煙吐向旁邊。

「每次我聽你談起他，總覺得他可能長得很像猩猩。」

「這個好！下次我要跟他說。」

透快活地回答。耕二一定會大發雷霆。

服務生過來說明甜點的種類，詩史輕輕搖頭拒絕。

「咖啡到我家來喝吧。」

這不是提案，是決定。詩史總是這樣，明快果決。

即使沒有半個客人，店員也不能玩撞球。耕二認爲這是理所當然的。傍晚七點，白天的客人走光了，店裡頓時顯得空空蕩蕩的。

撞球場是個很有意思的地方，差勁的傢伙不太會來，不論是學生情侶還是中年情侶，大家都用美妙的聲音撞球。

白天，和喜美子上床。在賓館或情趣賓館之類的地方，幽會了兩個多小時。

自從十六歲的夏天和也是第一次來的女友來過之後，耕二和八個女人——包含一夜情——上過床。和喜美子做愛，是所有女人中感覺最棒的。壓倒性的棒。這該叫做「性趣」很合？還是技巧高超？耕二雖然搞不清楚，但總是很感動。感動，這是最貼切的表現。

喜美子熱中於學習花道、茶道、語文等課程，每星期有四天會外出。開著她的愛車，紅色的飛雅特熊貓車（FAIT PANDA）。

飛雅特熊貓車，耕二微笑地憶起往事。兩人邂逅的機緣，就是這輛紅色的車子。七個月前，耕二在活動會場的超大停車場打工，他的工作是負責引導車輛，拿著一個無線電對講機，接受站在監控塔地方的男人下達指令。譬如說「E-8」或「C-6」的指示，收到指令後就把車輛引導到該位子。

喜美子停車的位置是個角落，她杵在那裡動彈不得。前面停了一輛大車，幾次轉動方向盤都停不進去，在車子裡醜態百出。後來，終於慢吞吞地搖下車窗，很不高興地說：

「能不能幫我停一下？」

「這不是我的工作。」

耕二拒絕。上面有特別交代，不能幫客人開車。

「求求你。」喜美子以單手做膜拜懇求。

「我不太會停車耶。」

耕二心想：關我屁事啊！老太婆！

「如果我撞到旁邊的車，你也會被追究責任吧？」

「並不會！」

耕二擺明地說，喜美子則一副很難過的樣子。

後來耕二用無線電對講機和監控的男人商量，男人說幫她停吧。沒辦法，只好幫她停了。

「很貴哦！」耕二邊停車邊說，「我可不做白工的呦！」

勾引人妻真的很簡單。那時候是，現在也是，耕二這麼想著。那些人對新鮮、刺激相當饑渴，希望藉由私密的歡愉，擺脫平凡的日常生活。

他對喜美子的學習課程瞭若指掌，茶道和花道「已經有相當的水準」，喜美子目前熱中於民俗歌舞；除此之外，她還學瑜伽、烹飪、法文。今天是上瑜伽的日子。

瑜伽教室在惠比壽，因此相約在惠比壽的賓館。

喜美子穿了一件黑色內褲，身材瘦到一抱就會碰到骨頭，不過拜練民俗歌舞所賜，她的手腳美麗結實且強而有力。可是，她從小就介意自己的手掌很大。

耕二喜歡喜美子的手掌。喜歡她把冰冷的床變得暖和，也喜歡她愛撫耕二皮膚時的狡猾蠕動，也喜歡她滑進兩腿之間，溫柔地吸吮或包起耕二時的甜美、貪婪、愛欲。

「我該怎麼做呢？」耕二經常這麼問，「我該怎麼做才能讓妳覺得更舒服？」

喜美子從兩腿之間抬起頭來說：「不要講話。」

她的身體眞的很不可思議。隨著耕二的每一個動作，可以知道她的肉體感到很幸福，耕二只是在皮膚上小小吐了個氣，喜美子就吻上他的唇。也因此，無論多麼激情的熱吻，都讓人感到不滿足，連雙腳都緊緊纏繞在一起。轉個身，正在熱吻之際，喜美子突然捧著耕二的臉頰，彷彿在索求更多。喜美子的肌膚，和耕二的肌膚貼合在一起。

耕二藉由喜美子體驗到，「反覆撕扭」這句話並非只是用來形容打架。

不久，喜美子終於受不了了，認輸地說：

「求求你，饒了我吧。」

對耕二而言，聊天的時候，由利就非得是由利不可，其他可愛的女生就不行，因為她是由利的關係。（由利說話時，眼睛會閃著炯炯有神的光芒，語調嬌柔甜美；不過她腦筋轉得很快，經常天馬行空地轉到耕二意想不到的方向去。）只是，跟她做愛又是另一回事。跟由利做愛，總覺得跟其他可愛的女孩一樣，這一點喜美子就不同了。跟喜美子做愛，總覺得這是唯獨自己跟喜美子之間才能產生的，只有兩人才能做出來的事情。

「你還眞用功啊！」

打工同事的聲音把耕二拉回現實世界，他的膝上攤著一本商法書籍——下個禮拜要考試——看都沒看。

「客人差不多要來了！」

「是啊。」

鬧區的撞球場很安靜，只有幾個穿黑衣服的打工人員靠在櫃台邊閒聊。

深夜，透在房裡看書，爛醉如泥的母親回來了。

「陽子，到家了呦！」

「鞋子！陽子，要脫鞋啦！」

外頭傳來幾個女人的聲音。

「眞是沒辦法。」

透吐了吐舌頭站起來。接著傳來女人們進門的聲音，還有走進廚房的聲響。

「不好意思。」透站在走廊對女人們說。

母親在廚房，手抓著流理台邊緣站著，回頭一看，一臉不悅地說：

「哎呀，透，好久不見！」

「什麼好久不見，今天早上才見過！」

走進廚房，從冰箱拿出一瓶礦泉水，倒在杯子裡。

「我喝醉了。」母親低聲說道。

「看得出來。」

這之間，女人們依然在背後聒噪，說什麼「好體貼的兒子」，或是「好溫暖的家庭」之類的。由於酒精的緣故，陽子的臉頰顯得紅潤有光澤，原本塗得濃厚的口紅，有一大片——錯不了的——因爲吃喝的緣故脫落了，變得很薄。幾種香水味，已經完全化爲體臭。

耕二說他喜歡年紀大的女人，眞想讓他看看這副德行。

「妳喝了幾瓶啊？」
透的母親喜歡喝葡萄酒，還宣言道：不想活在沒有葡萄酒的人生裡。
「眞的很抱歉，給各位添麻煩了。」
透再度對女人們說。意思是，妳們可以回去了。可是女人們怎麼都聽不懂，這使得透很納悶，到底該怎麼說她們才聽得懂。
「大學生都很短視不是嗎？」
耕二在電話裡這麼說。晴朗的白天，透家中的客廳射進了許多陽光。
「怎麼說呢……只會貪圖眼前的享樂。」
透從以前就很喜歡說這種話時的耕二，他覺得這裡面有「愛」。耕二是那種即使別人的事都會讓他心痛的人。
「這也沒辦法啊，」透用帶著微笑的語調回答，「什麼人都有。」
他想起了幾個人。每天早上上學前都會練跳繩的傢伙，還有永遠只跟女生吃午飯的傢伙。
「是沒錯啦。」

「不談這個了。你最近好嗎？」

透看了一下座鐘。下午三點四十分，詩史快打電話來了。

「亂忙一通。進入寒假後，我又多了一份打工。」

「哦？什麼工作？」

偶爾也聽聽音樂吧。前些時候詩史這麼說，還說她朋友的女兒在彈鋼琴。

「百貨公司的倉庫。」

「那很累吧？」

詩史喜歡巴哈。去她家的時候，她經常會放巴哈來聽。

「上星期跟由利去滑雪。」

「哦……」

「下星期又要跟打工的朋友去滑雪。」

「哦。」

「聖誕節也快到了。」

什麼時候開始？什麼時候開始，連和耕二講電話都會想著詩史？

「透你呢？最近忙嗎？」

透回答不忙，又看了一次時鐘，三點四十五分。
「沒什麼好忙的，反正寒假嘛。」
「那你每天都在幹嘛？」
「……看書。」
看書，是和詩史少數的共同嗜好之一。
「啊，前幾天我去看籃球比賽。」
「籃球？爲什麼？」
「……因爲朋友找我去。」
大家都要問理由。
透用肩頸夾著無線電話，點火燒開水。
「反正第一輪就輸了吧？」
透念的大學以運動馳名。
「還有……對了，一個禮拜兩次的家教。」
他一年前開始教中學生英文和數學。
「你眞的很閒耶！」

「對啊。」

將即溶咖啡的顆粒放進杯子裡，拿起水壺倒熱水，馬上就聞到一股淡淡的咖啡香。

「詩史好嗎？」

「很好。」

透啜了一口咖啡，第三次看時鐘。他不想談詩史的事，就算說了，耕二也不會懂。因爲耕二是刻意選擇年紀大的女人享樂的。

「幹嘛不說話呀！」耕二說，「像個愛鬧彆扭的小孩。」

透有點不高興：「我不想談詩史的事。」

「爲什麼？」

「不爲什麼。」

戀愛不是用談的，是墜入的。

這是透從詩史那裡領悟到的。而且一旦墜入之後，想要浮上來是很難的。

耕二說：好吧，不說就算了，我投降了。

「我再打電話給你。」

「好。」透答道，立即掛了電話。

就快了，詩史就快打電話來了。下午四點鐘，透抱著膝蓋，將頭枕在膝蓋上，張大著眼睛等待。

掛了電話之後，耕二躺在床上。

「東京鐵塔？」

「嗯，我滿喜歡東京鐵塔的。」

很認眞的準備升學考試後，考上了高中；習慣搭電車通學、也習慣上課之後，耕二突然覺得明星高中其實也沒什麼，就從這時候起，偶爾放學會和透一起回家。

他覺得透是個怪人。

東京鐵塔是鄉下中學生畢業旅行爬的地方，自己連半次都沒上去過；之後過了五年，依然沒有上去過。

「其他呢？」耕二彷彿拖著球鞋般走著，隨口繼續問，「其他還有什麼喜歡的呢？」

「沒有了。」透回答，「沒有什麼特別喜歡的，也沒有討厭的。」

耕二再度覺得他是個怪人。

透總是很穩健，好像沒什麼可以讓他生氣，也沒什麼可以讓他痛恨的；相對的，也沒有什麼可以讓他開心到喜出望外、覺得幸運透了。

耕二起身，去洗手間洗臉，並把頭髮弄濕，用慕絲和梳子梳理。

昨天晚上也去撞球場打工。想活得開心需要錢；活得不開心，活著就沒意義了。

耕二看著鏡中的自己。精悍的面孔還算不錯，即使沒去日曬沙龍，膚色的黝黑程度也剛剛好，而且很幸運的——五官端整。

眞是臭美啊！

彷彿聽見喜美子的聲音。耕二，你好臭美哦！常常讓人覺得很不爽！

喜美子經常說髒話，她說是和耕二在一起被他傳染的。耕二覺得很開心。

到時候甩人的，一定是我。

以前是這樣，以後也是這樣。

他對著鏡子抬起下巴，收起下巴，稍微整理一下頭頂的頭髮。

「完美！」耕二說，披上外套。

4

父親在方格花紋襯衫外套了一件毛衣，下半身穿著燈芯絨長褲。

「在大學裡也很優秀吧？」好奇怪的問法。

「一點都不優秀。」

透回答。用筷子切開蘿蔔，冒出一陣帶著高湯臭味的蒸氣。

「不過應該不會留級。」

透和父親極少見面，即使見了面，也不會像以前一樣談升學問題。至於比較私人方面的——譬如有沒有女朋友？有沒有交新朋友啊？——也都未曾談過。透沒有向他要過錢，也不曾喝到深更半夜。儘管如此，只要父親說想見他，他就會到指定的地方去。這次父親說，出來吃點黑輪什麼的吧？

「你媽還好吧？」每次都會問的問題。

「很好啊！」每次都這樣回答。「好像很忙，經常出差。」隨後又補上一句：她還是老樣子，前幾天又喝到爛醉回來。父親聽了，只是苦笑。

透心想，爸爸的新妻子會喝酒嗎？聽說她在圖書館工作，跟爸爸同年，或許是個好妻子。

老實說，透認爲這和自己無關，也不想有所關聯。因爲自己好不容易也終於找到只屬於自己的生活。透這麼覺得，突然表現在態度上。他覺得和父親在一起時的自己，以及和母親在一起時的自己，甚至和耕二在一起時的自己，都有著不同的自己。這和他發現自己在家裡的時間，和在學校的時間，是完全不同的時間有所關連。和詩史在一起的時間。

透第一次發現不屬於任何地方的自己，很喜歡那個應該叫做原本的自己，自然、自由而幸福。而這樣的自己，透過詩史被喚醒。

上星期和詩史去聽音樂會。詩史那位「朋友的女兒」穿著水藍色的長禮服，彈奏蕭邦和舒曼，還有李斯特。

聆聽音樂之際，透意識到坐在旁邊的詩史的存在，感到一股快要融化般的熾熱。在約定碰面的音樂大廳裡，還被誇讚穿西裝的模樣「很好看」。

音樂會結束後，去了小酒吧。兩人並肩走在喧騰的大馬路上時，鋼琴聲一直在透的腦海裡迴響。明明連曲名都不知道，剛才聽到的每一個音符，卻依然清晰豐饒地繚繞在透的體內，美麗至極。

和詩史在一起總是這樣。

例如吃義大利料理，透從頭頂到腳尖都充滿了義大利料理，甚至連每一根毛髮都是。這不是量的問題，是純度的問題。

「眞是很棒的演奏啊！」

詩史說。在這一瞬間，透領悟到原來這不是鋼琴家的力量，而是詩史的力量，自己受詩史影響極深。

「耕二好嗎？」

父親問。透的朋友裡，父親記得住名字的只有兩個人。另一個是念小學的時候，住在同一棟公寓的「小田」，透自己記住的部分並沒有父親來得多。

「很好啊。」和回答母親近況的答案一樣。「做了很多打工的工作，用自己的方式，很努力的在奮鬥。」

「用自己的方式啊……」

父親饒富興味地重複這一句，喝光杯裡的酒，又倒滿一杯。

「他是醫學院的吧？」

「經濟。」

「哦，經濟啊……」

耕二的父親是位開業醫師。比耕二大八歲的長男，已經從醫學院畢業了。

「你們經常見面嗎？」

「還好，偶爾。」

透回答，將滷蛋放入口中。他知道父親很喜歡朋友，學生時代的朋友或釣魚的釣友，現在的公司也是跟朋友一起經營的，是個很重視朋友的男人。

換成以前，碰到這種時候會有點生氣。透將蠕動不安的滷蛋一口吃下去，讓啤酒慢慢流過喉嚨。透的朋友不算多，從小就被暗示朋友的重要性，讓他覺得有點煩。

可是，今晚的透一點都不生氣。他當然不想跟父親講詩史的事，而詩史的存在確實讓自己變得從容。從容地，和父親成為對等的人。

出了小酒吧，前往詩史家。
「鋼琴聲還殘留著嗎？」
詩史問，透回答還殘留著，詩史於是說：
「那我就不放音樂了。」
屋內一片靜謐，窗外夜景遼闊。東京的街道，無數的燈火。
就透所知，詩史夜裡也不拉上窗簾，不過寢室另當別論。
「要我叫計程車的時候說一聲吻。」
詩史說，透吻上詩史的唇。
買單之後，透和父親走到外面。
「怎麼樣？接下來你要直接回家嗎？」
「嗯。」
走向車站的途中，父親在自動販賣機買了一包菸。十二月的銀座。
「代我向你媽問好。」
「嗯，我會告訴她。」
父子倆在剪票口內側道別。

剛開始和詩史兩人單獨見面時，有一天，母親問透：

「聽說你跟詩史去約會啊？」

母親完全把握了「約會」的內容，例如在哪裡碰頭，在哪裡吃飯，透在哪裡上計程車。

「她還跟我說兒子很有氣質。她也是個很有趣的人吧？」

詩史做過的事，讓透發火的只有這一次。

「對不起。」

第二天見面的時候，詩史有點爲難地道歉。

「可是隱瞞不說，不是很奇怪嗎？」

透沈默不語。因爲找不到繼續責備她的理由，也覺得無可奈何。

「隱瞞不說的話，好像做了什麼見不得人的事，不是嗎？」

她說的沒錯。可是，詩史越是解釋，透越是覺得無力。

「既然經常見面，還是讓她知道一下比較好。」

當時透沒有理由反對。

但如果是現在呢？透心想。在神谷町地鐵站下車，走在微緩的上坡道。

如果是現在，詩史就不能逐一向母親報告吧？說什麼我常常跟你兒子見面，而且常常跟他上床之類的。

這是個寒冷的夜，吐出來的氣是白色的。走上這個坡道，回頭可以望見東京鐵塔。總是可以看得見，而且是正面的東京鐵塔。夜晚的東京鐵塔鑲著溫柔的燈火，看起來好像本身就是個發光體。筆直的身體，矗立在夜空下。

回到家，母親還沒回來。洗了澡，喝了牛奶。透很喜歡喝牛奶，喜歡那種不用加砂糖也能感受到的深層甜美。

小時候，無論是家裡或學校，都非常鼓勵喝牛奶，因爲多喝牛奶會長得又高又壯。長大成人之後，就沒有人鼓勵喝牛奶了，可能是周遭的人認爲自己已經長得夠大，沒有必要再喝牛奶了。透覺得這種論調眞的很奇怪。

時鐘指著十一點三十分。先解決掉一項寒假作業吧，透決定回到自己房裡，關上門。

除夕，等著母親做年菜之際，透在房裡無事可做，聽著蘇珊薇格（Suzanne Vega）的歌，翻閱攝影集。這是一本名爲《渾成的大地》的攝影集，拍攝中國的街景和人們。

透擁有四本攝影集，一本是詩史送的，其他三本是自己買的。兩本是在詩史店裡買的，剩下的一本是和詩史一起在外文書店找到的。

他擁有的四本攝影集，詩史的書架上也都有，或許連擺在書架的哪個位置都知道。

詩史很喜歡照片。她說，她喜歡比繪畫更具有現實性的東西。

詩史曾經邀透去看一位攝影家的個展。位於大廈裡的一家小畫廊，除了透和詩史之外，只有一個客人。詩史和那位攝影家好像很熟的樣子，互相把手搭在彼此的肩上，像外國人般地貼一下臉頰打招呼。攝影家顯得有點難爲情，不過也從容地接受了，把手放在詩史的雙肩上。

這個瞬間，透記得很清楚。他嫉妒的不是他們兩人的關係或接觸，而是攝影家的年齡。這個男人知道自己不知道的詩史，而且可能是自己永遠不會知道的部分，想到這裡不禁怒火中燒。

偏瘦、膚色黝黑、夾雜幾許白髮的男人。

「透！」走廊傳來母親催促的聲音，「該走了，快遲到了！」

四天前，透在電話裡被邀請去參加除夕夜的新年派對。

「我把邀請函交給你媽，她也答應要來參加了。上面有寫著務必帶你一起來參加，你媽沒跟你說嗎？」

這種邀請方式多少令人不滿，然而考慮到現實狀況，也是無可奈何的事。何況能夠見面才是最重要的。

「除夕夜？」

「對啊！我邀請了十五位比較熟的朋友，是個很輕鬆的聚會，以前每年都會辦，最近淺野跟我都很忙，已經很久沒辦派對了。」詩史開心地這麼說。

淺野——這是詩史的丈夫的姓，當然也是詩史的姓。

「我可以去嗎？」透有點忌諱地問。

「我有邀請你呀。」詩史的聲音清澈而平靜。

「我該怎麼跟我媽說呢？」母親什麼都沒跟他說。

「就說你問我的呀，是我邀請你來的。」

透回答：好，就這麼辦。

下了計程車後，透跟在母親旁邊，捧著一束很重的深紅色花束。

「我想早點回去。」進了電梯後，母親說，「你也要適可而止呦。」

到了最頂樓，走出電梯。

「我還得去杉並家露個臉才行。」

杉並家是母親的娘家。

「我知道啦。」透回答。

「輕鬆的聚會」已經開始。由於詩史喜歡間接照明，室內有點昏暗，而且人多顯得有點悶熱。

「陽子！」

詩史先招呼母親進去，之後才對透示以微笑。

「看到你來眞高興。」

不過這也只有一瞬間，而且是個極爲冷淡、形式化的微笑。透突然覺得這個人不是他認識的詩史。詩史接過花束抱在胸前，又開始和其他客人說話。

客廳算是很大了，但因人多，感覺有點狹小。餐廳的吧台上——這個家沒有餐桌這種東西——擺著好幾瓶葡萄酒，還有起司、Canape（譯註：將肉或海鮮類放置在已抹好奶油的餅乾、吐司的酒會小點）、煙燻鮭魚，以及各種水果。透微微地笑了笑，他知道詩史討厭做菜，反正也早已經過了晚飯的時間。

透認識的人，只有詩史店裡的兩個女孩。此時，母親早已拿著葡萄酒杯，和透不認識的女人在談笑。

這間房子的味道……透企圖聞辨出這個房子裡的各種味道。人們的味道、酒精的味道，還有插在罈子裡大朵百合花的味道的彼方……

他馬上認出那個人就是淺野。以前曾看過照片，加上詩史對他的態度和別人明顯不同。詩史靠過去，低聲不曉得說些什麼，手上拿著自己的酒杯。

「請喝。」

有人端來一杯葡萄酒說道。

「謝謝。」

透接過葡萄酒。端來葡萄酒的女人笑瞇瞇地說：

「你是陽子的兒子？」

這時觀音像映入眼簾。平常一向很顯目，今天被隱埋在周遭的人群裡。四隻華麗的手，深茶色的觀音佇立，透覺得這座觀音像個朋友。

吃點起司吧？

這麼想著，走近擺了一堆大盤子的吧台。

「你是透吧？」

有人叫他。回頭一看，淺野站在那裡。透嚇了一跳，但是沒有慌亂，反而意識到自己有種奇妙的冷靜。

「是啊。」透回答。

「我是淺野。」男人報上姓名，「我常聽詩史提到你，聽說你常陪詩史一起玩。」

淺野身穿藍色襯衫和深藍的夾克，還有一條牛仔褲，身材中等，看起來滿帥的，聽說從事廣告業。

「你還是個學生吧？」

是啊。透回答，啜了一口葡萄酒。

「這種場合很無聊吧。」

他用不期待回答的口吻說，於是透靜默不語。

「別客氣，吃點東西吧。」淺野用低沈潤澤的聲音說。

詩史依然在頗遠的地方，彷彿透不在這裡似的。

這一切，的確無法稱得上舒適。三十分鐘後，透酒足飯飽，獨自靠在冰冷的玻璃窗邊。然而，他並不感到「無聊」，他根本沒有心情「無聊」。

詩史看起來很開心的樣子。

「我喜歡我的人生。」詩史曾經這麼說過，「並不是我很幸福的緣故，不過，幸不幸福並不是那麼重要。」

幸不幸福並不是那麼重要。這是什麼意思呢？當時的透並不明白，但是現在似乎明白了。如果能被詩史給予不幸，比其他的幸福來得有價值多了。

十一點五十五分，每個人都拿到一杯香檳。新年到了，關掉音樂，改成聽收音機報時。每個人都已經醉茫茫，透用眼睛搜尋母親，希望她沒有喝太多。

「你好嗎？」

耳際傳來熟悉的聲音。好熟悉，帶著祕密的口吻——倒數讀秒開始了。

「新年快樂！」

恭賀新年和酒杯碰觸的聲音此起彼落，音樂再度響起，有人出聲尖叫。

詩史第一次和透碰杯，雖只有一瞬間，但錯不了的。透被突來的幸福襲擊，連香檳都忘了喝。兩人的祕密又多了一個——微小，卻甜美的。

淺野對大家說話。說什麼感謝大家來之類的話。

不知道什麼時候，詩史已經站在淺野的旁邊。那個表情，好像一開始就站在那裡似的。

「新年快樂！」

透對著舉杯而來的母親同樣說了聲「新年快樂」，也同時失落剛才的幸福感覺。

5

喜美子是個惡魔。

耕二望著騎在自己身上的女人心想，她的柳腰眞是纖細到令人難以置信，圓滑地扭動著。

「好美的畫面。」

喜美子俯視著耕二說。喜美子的胸部有點小，但是從下面看上去顯得頗爲豐盈。

喜美子是個惡魔。

「剛好一個小時整。」

剛才喜美子這麼跟耕二說。說的時候，耕二還單手揉握著她的乳房，交纏著腳，用嘴唇輕舔她的耳垂，也就是，爲喜美子做她最喜歡的事的時候。

喜美子的身體緩慢地落在耕二身上。她的腰骨碰到耕二的肚子，而且是突出的、溫暖的。

「好棒哦！」

喜美子的聲音帶著微笑。在床上，喜美子經常發笑，這是她滿足的象徵。

「耕二，你把我塡得滿滿的、滿滿的！眞的剛好滿滿的，棒透了！」

喜美子撥開髮絲，抬起頭來凝視著耕二。做愛的時候，喜美子很少閉上眼睛。

「我該怎麼做呢？」一如往常，耕二氣喘吁吁的，「我該怎麼做才能讓妳覺得更舒服？」

喜美子是個惡魔。

如此盡情奔放享受，卻一個小時就得走人。喜美子露出宛如好妻子般的表情。

「我是個很好的妻子呦！」

喜美子曾經這麼說過。那是剛認識不久的時候，在一家一杯咖啡要八百圓的咖啡店裡。

「不是我在自誇，我家事做得很完美。」

喜美子穿著一件色澤鮮豔的背心和一條牛仔褲。

「我老公連領帶都不會自己選，甚至不會自己從冰箱拿啤酒出來。」

「完美？」

「哦？是個大男人啊。」

聽著耕二嘲笑的口吻，喜美子輕輕地笑了起來。

「這才不叫大男人主義呢！這叫傻瓜。」

「傻瓜……」

好熱的天氣。耕二喝冰咖啡，喜美子喝的是冰奶茶，看起來簡直像牛奶。

「你別誤會。這不是壞話，反而是好話。」

「傻瓜是一句好話？」

喜美子點頭說：「我不希望我老公爲我做任何事。」

「只要他乖乖在外面賺錢養家就好？」

喜美子沒有回答這個問題，愣愣地望著窗外。

「只要讓他覺得沒有我的話，他什麼都做不了，這樣就好了。讓他覺得沒有我是很頭痛的事，就這麼簡單，所以他馬上變笨了。不過，或許他本來就很笨吧。」

那時，耕二聽著喜美子說著說著，不曉得爲什麼突然覺得喜美子很可憐。不管那個男人傻不傻、笨不笨，耕二覺得眼前說這種話的喜美子很可憐。

照約定，一小時辦完事之後，喜美子的車子駛離賓館，耕二在惠比壽車站下車。點燃一根菸，目送紅色飛雅特熊貓車離開。

最近彼此都很忙，已經一個月沒見到喜美子，下次也不知道幾時才能再見。二月，雖然晴朗的日子很多，但空氣卻冷得刺痛。

耕二認爲年紀大的女人比較好是有理由的。然而，那不像透說的，譬如肉體方面，或是比同年紀女孩來得有錢而比較輕鬆，還是走在一起會引人側目，或者不會追問有關將來之類的嚴肅問題，而是更單純的問題。

年紀大的女人比較天眞無邪。

這幾年來，耕二對這一點到達確信的地步。儘管實際上他所交往過、年紀大的女人只有三個，不過看看周遭的女人就能明白。例如在百貨公司打工時認識的歐巴桑、哥哥的未婚妻，還有住在附近經常出來遛狗、染了一頭褐髮的人妻。女人只要一有年紀，就會變得天眞無邪。

耕二認爲這是關鍵所在。女人所具備的特質裡，有比天眞無邪更美好的嗎？

厚子，是耕二第一個交往的年紀大的女人。她是個居家型女人，每次和耕二單獨見面，總顯得怯生生的，並和丈夫、女兒三人住在二十年貸款、附有屋頂花園的公寓裡。

身材嬌小、娃娃臉，比她的女兒更美麗動人。每次稱讚她漂亮，她就手足無措得滿臉通紅。不過，最能讓厚子開心的是享受美食。她的廚藝很棒，可是她說，老公和女兒最近都不吃她做的菜。

和厚子在一起的時候，總是在厚子家溫存纏綿。即便白天也是，還一邊豎起耳朵，小心翼翼地聽著丈夫或女兒是不是回來了。

不過，她原本就習慣待在家裡。耕二當時也只是個高中生，反正無處可去。

厚子覺得自己是個壞女人，至少她的確做了壞事，是個壞妻子。但實際上當然相反。她是個好人，可憐的好人，吝嗇到幾乎可悲的程度。

剛開始，耕二想接近的是她女兒——廣播社的社員，一個沒什麼大不了魅力的同學，後來變成好朋友，曾經去她家玩過幾次，也在她家吃過晚飯。

耕二經常故意挑選廣播社有活動的日子去厚子家玩，剛開始假裝在等她女兒回來，後來變成害怕她女兒回來，就這樣，兩人單獨在厚子家度過。

他們的關係馬上就被女兒發現了。女兒——她姓吉田——歇斯底里地責備耕二，當然也在家裡掀起了大風暴。厚子說這一切都是她的錯，與耕二無關。於是耕二拋棄了厚子，他決定要當拋棄的一方，知道這樣對厚子也比較好。

現在他已經很少想起厚子，畢竟在一起的時間很短，而且耕二那時還只是個高中生。總覺得高中時代的自己，離自己好遠。

儘管如此，腦中偶爾還會浮現那棟公寓種滿盆栽的停車場、昏暗的入口、電梯、吉田家玄關的味道、玫瑰紅窗簾的質感、大型冰箱上總是貼著幾塊磁鐵、洗手間的洗衣籃等等。

耕二絲毫不後悔。可是究竟爲什麼，每當憶起這段日子心情就會變得陰鬱、低沈。

「對不起。」

擁抱之後，厚子莫名其妙地道歉。

「你眞的不該在這種地方做這種事啊。」

厚子穿著衣服的時候，看起來年齡不詳，但脫了衣服之後，跟她的年齡相符——跟她四十二歲的年齡相符。

厚子有一雙稍顯鬆弛的手臂，其他部分都太瘦，瘦得令人心疼，然而耕二偏愛她有點脂肪的小腹。她有一雙修長的腿，不過整體失去了彈性，皮膚也是。

現在自己有了喜美子，雖然不知道和喜美子的關係能持續到什麼時候，但喜美子比那時的厚子年輕七歲，而且比她大膽開放。最重要的是，喜美子沒有小孩，就目前而言沒有任何麻煩。

過年之前，一切都很順利。大學放寒假之後，增加了撞球場的打工時數，百貨公司的打工也因歲末商品出貨忙得不可開交，但多少賺了點錢。在忙碌的日子裡也偷了點閒，向父親借車，帶由利出去兜風，還跟打工的朋友一起去滑雪。

從除夕到大年初三都在老家度過，第二天還約了由利，來個家人外加女朋友的大年初一神社謁拜。所謂的家人有父親和母親，還有大哥和大哥的未婚妻，以及祖母。這是耕二家的年度例行大事，每年都要去鎌倉的八幡宮拜拜，包括這天晚上要圍爐吃壽喜燒，從耕二小時候至今都沒改變。

這幾年，連在香油錢箱的前面搖鈴、合掌祈禱時的內容都固定了。

「今年也請多多保佑。」

就這句話，耕二在心裡默念著。

「你爸媽好好喔。」由利羨慕地說，接著又說了「我爸媽的感情不太好，所以很羨慕你們這種家族團聚」之類的話。

問題發生在一月中旬，現在想起來也是很討厭的事。

今年第一次約會的時候，喜美子突然要給他錢。

賓館的床上，兩人都裸著身體。

「雖然有點晚，這是你的聖誕禮物。」

喜美子說著，從PRADA的皮包裡拿出三萬圓。三萬圓！耕二詫異、震驚得受到一點打擊。爲什麼突然拿錢給我？況且這種不大不小的金額是什麼意思？

「這是幹嘛？」耕二語調變得很低沈，「這實在太扯了，而且很沒趣。」

耕二露出的危險性，讓喜美子霎時露出不安的表情。

「爲什麼？」耕二下床問。

「爲什麼要給我錢呢？」耕二很不爽，開始惱怒起來。

「我很喜歡跟妳做愛，也認爲妳很喜歡我的身體。我雖然很色，但是我認爲妳也一樣很色。」不知不覺語氣變得十分強硬。

「不要這麼生氣嘛！」喜美子終於說話了，「我收了你的聖誕禮物，可是我不知道要送年輕人什麼東西比較好，想說給你錢的話，你可以自由使用啊！」

喜美子的語氣雖然強硬，但耕二卻看到她似乎就要哭出來了。喜美子錢還拿在手裡，手腕上帶著耕二送的金色手環。

「只是這樣而已，不要生氣嘛！」

「對不起。」

耕二道歉。回到床上，這次換喜美子從另一邊下床了。

「對不起。」

耕二再度道歉，從背後抱著喜美子，兩人就暫時這樣靜靜不動。

「算了。」喜美子說，「如果讓你覺得不舒服的話，我也向你道歉。只不過，偶爾不給你一點錢的話，我會覺得過意不去。」

接著，她把錢放回皮包裡，靜靜地穿起衣服。

之後過了一個月，今天的喜美子已經恢復原來的樣子。耕二也一如往常，享受大白天的溫存纏綿，可是他仍無法忘記那件不愉快的事情，以及爲此慌亂發飆的自己，相信喜美子有時也一定會想起。偶爾不給你一點錢的話，我會覺得過意不去。

當初收下錢說不定會比較好，耕二不禁這麼想。收下來的話，或許事情會變得比較簡單。

距離打工還有一點時間。抽完菸，耕二在惠比壽車站前消磨時間。

「搞什麼，詩史不在啊？」

耕二在代官山、詩史的店裡。

「我說過她不在啊。」

透說著露出一個苦笑，卻靜不下心來。突然接到耕二叫他出去的電話，因爲閒閒沒事就到外面走走。這一天風很強，在家裡感受到大量的溫暖陽光，到了外頭，透過視覺感受更清楚。

詩史現在在歐洲。一年兩次，她要出國採購。耕二硬說，就算只看看店裡的樣子也好，但透生怕店裡的女孩會以爲自己洋洋得意帶朋友來。

「這個不錯耶！」

耕二拿起一個三公分的四方形小黑盒子端詳地說。鑲有金邊的蓋子上，有一隻小黑貓。

「下星期是我奶奶的生日。」

盒子是上了釉藥燒製的陶器，這家店裡所有的東西看起來都很貴。

「這是幹嘛用的？」透問。

「裝一些小東西吧。」耕二回答。

「什麼小東西？」這麼小的盒子究竟能裝什麼？透實在想不透。

「我怎麼知道，什麼都可以啊。女人就是喜歡這種東西。」

耕二竟然能把奶奶跟女人聯想在一起，透不得不佩服他。

店裡飄盪著一股香味，像是香皂，又像別人家的，剛穿上新襯衫時的味道。詩史的店裡充滿了毛巾和亞麻布之類的東西。

耕二買了這個小盒子，他的決斷力再度讓透佩服不已。

「還有時間嗎？」耕二一邊收發票，一邊問，「我還沒吃午飯呢，肚子餓扁了。」

於是，他們來到「波艾姆」。

大口大口吃著那不勒斯義大利麵的耕二，打從一開始就不斷談著喜美子的事。透心想，眞是一模一樣啊。當初耕二跟吉田的母親陷入曖昧關係時，也是一直談著吉田母親的事。他是個很容易陷入狂熱的人，可是會想去跟別人談正在交往女人的種種，這種心情透無法理解。

照耕二的說法，喜美子是個「如惡魔般蠱惑性」的女人，而吉田的母親則是「宛如不幸女神般有著無限的溫柔」。一旦墜入情網，狗也會變成詩人。

「不過，出了一點問題。」耕二從盤子裡抬起頭來說。

「出了問題？」

耕二用紙巾擦拭嘴邊的油漬和番茄醬，認眞地點了點頭。

「前些時候，她突然要給我錢。」

「給你錢？那不就成了援交？」

透沒有仔細想清楚就順口說出來，內心有點後悔。耕二則是沈著一張臉，彷彿為了讓自己振作一點似的，他說：

「算了，她也沒什麼惡意。」

「惡意？」

耕二不知如何回答。

「我問你，詩史有給過你錢嗎？」

「沒有！」透有點火，一口否定。

「那麼東西呢？比如說買衣服之類的東西給你？」

這就有了。

「平常見面時的飯錢或是賓館費，這些都是詩史付的吧？」

耕二接著連這個也問了。

「我們才不去賓館呢！」

透回答，但沒有否定錢的部分。

「有什麼不同，還不都一樣……」

耕二呢喃地說。但與其說是講給透聽，其實是在對自己說。他就這樣喃喃地念著念著，接著又馬上說：

「可是……可是牽扯到錢又不同了。」

「有什麼不同？」透問，只是單純出於好奇心。

耕二沈默半晌，然後回答：「我不知道怎麼說。」

過了一會兒又說：「很過分吧？」

透回答：「很過分。」無法理解耕二怎麼有辦法跟這種女人交往，於是說了一句很久以前就想說的話。

「跟她分手不就結了？」

「爲什麼？」耕二立刻反問。

「反正你已經有由利了。」

透知道其實這根本不是問題所在，不過他還是說了。

「由利不知道吧？她不知道你還有其他的女人吧？」

耕二擺出一張臭臉。

「她當然不知道囉。要把一切都告訴她才算是有誠意嗎？」

「我不是這個意思。」

耕二反將一軍：「那詩史的老公呢？他知道你跟他老婆的事嗎？」

或許他知道了，總覺得他好像知道了。

「誰知道。」

透曖昧地回答。想起除夕那天陪在詩史身旁的男人，那個走過來問他「你是透吧」的男人，還說「這種場合很無聊吧」，感覺很討厭。身材開始有點中年發福，令人討厭的笑容。

「煩死了……」

雖然發牢騷的是耕二，但透心裡也正有點慌亂，生怕自己會把這句話說出來。

6

白天的東京鐵塔，像個樸素溫和的歐吉桑。小時候在上小學的路上，透總是這麼認爲。樸素而溫和，堅實而安心。

小學的時候，透每天都被迫穿著及膝的短褲，連冬天也是。現在回想起來，是個沒有意義的習慣，但那個時候，一直都是這樣。

透小時候是個很乖巧的孩子，對於製圖、理科、社會特別拿手，希望長大能成爲一個科學家。母親的反應非常冷淡，說他不可能當科學家，醫生的話或許還有可能。那段歲月，女生好像另外一種動物，總是搞小圈圈，幾個人圍在一起，他完全不想跟她們做朋友。

中學的情況也很類似。進了高中之後，男生和女生似乎成爲一個個獨立的人出現在透的眼前，不過那時候，他已經學會如何在教室裡和其他人保持距離，不會顯得太過親暱，也不會太過孤立。

透站在窗前，一邊望著陰天裡、白天的東京鐵塔，一邊喝著即溶咖啡。

「你要看窗外沒關係，不要把手或額頭貼在玻璃上！」

小時候，母親經常這樣罵他，還說擦起來很辛苦的。當然現在不會了，他已經學會如何掌握玻璃窗和自己身體的距離。

結果他總是在這裡。與其和朋友出去玩，他喜歡待在這裡；與其去學校上學，待在這裡還比較輕鬆。或許他一直在等待，等待有個人將他帶離這裡，等著將自己帶離開這裡的人。

有一陣子沒和詩史見面了。

詩史可能無所謂吧，透這麼想。詩史有她的工作，朋友又多，社交活動也很忙碌，而且還有家庭。在一個四十歲女人的日常生活中，跟朋友的兒子見面究竟算什麼呢？

「我跟陽子已經是十幾年的老朋友了！」詩史曾經這麼說過，「可是我竟然不知道你，實在太虧了。」

但是，透認爲這不正確，虧的人不是詩史。可不是嗎？十年前的自己對詩史來說，不可能有什麼魅力可言，然而十年前的詩史呢？

透因無法再繼續想下去而嘆了口氣。三十歲的詩史，二十歲的詩史，十五歲的詩史；單身的，還有少女的。

透覺得這是非常不當的事。難以承認的不當，內心深處的寂寞時間。

眞是可恨到了極點，在時間面前徹底束手無策。

「你也夠了吧？」坐在卡拉ＯＫ的合成皮椅子上，把炒麵和肉丸子，還有果醬優酪乳吃光光的橋本說，「一個人唱歌多空虛啊！」

耕二停下翻閱曲目單的手，抬起頭來。

「所以才找你來啊！」

反正你閒著也是閒著，就陪陪我嘛。耕二一邊說著，一邊在遙控器上點了尾崎豐的歌。

「你也唱嘛！」耕二沒什麼熱忱地補上這句。「不要一直吃東西！」

耕二並不討厭卡拉ＯＫ。由利說他「唱得挺不錯的」，他自己則覺得「會讓人聽到哭」。不過今天，他不是來展露歌喉的。

「眞是受不了！」

又跟喜美子吵架了。每次一吵架，喜美子的聲音就尖銳到歇斯底里的地步，毫不留情地刺傷耕二的痛處。

「女人怎麼動不動就那麼情緒化！」

傷腦筋的是，究竟是自己的哪句話讓喜美子抓狂，耕二在實際說出口之前完全不知道。

「因爲你害她情緒化啊。」橋本說。

尾崎豐的歌早就開始了，耕二卻已喪失唱歌的興致，意興闌珊地靠躺在長椅上。

吵架的原因是，原則。耕二坐在喜美子車子的前座，一邊喝著可樂，一邊說談戀愛最重要的是原則。耕二的這句話成爲爭執的開端。

「原則？」

這時反問的喜美子尙且從容不迫，揚起她細細的眉毛。

「你有什麼原則嗎？」

喜美子說這話時的口吻，帶著嘲諷的味道。

「當然有！」耕二回答。

車子裡的暖氣太悶太熱，爲了換氣，開了一點車窗，冰冷的風剛好從車窗流進來。

「比如說，不拿對方的錢。」

耕二這句話讓喜美子非常不高興。現在回想起來，當時如果在這裡打住就沒事了。

「還有呢？」

可是被喜美子這麼一問，耕二又說溜了嘴。

「不要碰有小孩的女人。」

經過幾秒鐘不自然的沈默之後，「你認爲沒有小孩的女人就可以？」喜美子說這話時的聲音變得很恐怖。

「意思是，我是個很方便的女人囉？」

耕二回答：「不是啦！」但是喜美子已經聽不進去。

「欺人太甚！」

喜美子對自己說的話也覺得亢奮起來。

「哎呀，妳開車要看前面啦，太危險了！」

因爲不是故意惹她生氣，耕二頓時驚慌失措，拚命說好話哄她。可是喜美子根本沒在聽。

「原則？莫名其妙！」

喜美子罵了好幾次。莫名其妙！什麼跟什麼嘛！

最後把車子停在路邊，用萬不得已的聲色說：

「我受夠了。」

那是在橫濱。喜美子說皮包已經「修理」好了想去拿，耕二陪她去，蹺了下午的課出來兜風。

「不要生氣啦，我不是那個意思，不要再生氣了嘛。」

喜美子不理他，在停住的車子裡，一直保持著兩手放在方向盤上的姿勢，緊繃的臉因憤怒和失望變得扭曲。

「她總是突然發飆。」

耕二向橋本發牢騷。

結果，好不容易讓她下了車，帶她去咖啡店，給她喝茶，說盡好話哄她，也花了一個小時，幾乎心力交瘁。但是，喜美子那因憤怒和失望、令人心疼的扭曲表情，已經深深刻印在耕二心裡。

難得的約會，又是聽鋼琴演奏會。天氣凍得皮膚都快裂開了，從上午就開始下的雪，到了傍晚，積雪已經堆到腳踝。

「我討厭下雪！」

在約好碰頭的飯店酒吧裡，詩史皺著眉頭喝單杯香檳。

「妳討厭下雪啊？」

透喜歡下雪。整座城市，會一起變成和平常不同的風貌。踏在被踩硬的積雪上，鞋子裡有種一粒一粒、沈甸甸的感覺也很棒。

「我討厭街上的雪。你喜歡啊？」

詩史以一副難以置信的表情反問，從小包包裡拿出香菸點了火，外套底下穿了一件露肩的小禮服。她很少在外頭走動，大都只在有暖氣的室內移動。

「可不是嗎？融雪的時候變得髒兮兮的，多難堪啊。」

還說了這種話。

現在是下班時間，酒吧裡只有其他一組客人。透楞楞地想，可能是天氣的關係吧，在人來人往的人潮中，還能不受干擾地享受喝酒的感覺，大概只有詩史了。迪士尼旁邊的音樂廳小小的，不過很漂亮，緊臨著的飯店也小小的，裝置得很雅緻。

來迪士尼已經四、五次了。小學的時候，跟已經離婚的爸媽來過一次，中學的時候一次，還有一次是和耕二，以及耕二當時交往的女孩子們來過。

這些對現在的透而言，顯得非常遙遠。到底有什麼好玩？那種地方去那麼多遍幹嘛？

「我覺得Hamelin是個天才。」

詩史說，將一塊小小微溫的、不曉得塗上什麼做的醬料的麵包送進嘴裡。

「我見過他好幾次。私底下是個非常大方純眞的人，雖然身材高大，卻很孩子氣。」

詩史緩慢地選用辭彙。

「可是一旦面對鋼琴……」

話到此爲止，宛如琴聲此刻依然流動般地靜默住了。

透知道，現在自己的體內依然被音樂充滿著。但這不是因爲那位鋼琴家是天才的關係，而是因爲和詩史一起聆聽。也可說是被詩史逼迫去聽的關係。

「該怎麼形容呢？他的演奏非常具有數學性。」

詩史出神地說。

「好大的雪啊！」

走在通往車站的路上，由利高聲地說。

「天氣很冷，所以要比平常貼緊一點不是嗎？」

由利一邊走著，一邊緊抓著身穿羽絨外套的耕二的手臂。

「聽說小瞳的男朋友一下雪就想睡覺。睡一整天，連學校都不去呢。」

冷冽的空氣把鼻子凍得紅通通的，由利開心地說。

耕二覺得不可思議的打量著由利，想不通這傢伙怎麼總是這麼開心。利用上完課到前去打工之間短短的時間，在自己的住處做了個愛，之後又一起走路去車站，一路上由利始終說個不停。

「啊，肚子好餓哦！」

連肚子餓都說得很開心。

「我好想吃奶油蒜烤法國麵包哦！」

耕二沒有跟由利吵過架，由利也不會像喜美子那樣突然發飆；想討由利的歡心，對耕二是很簡單的事。這是安穩而悠哉的事。在售票機買了車票給由利，自己拿出定期車票通過剪票口。

四周已經暗了下來，月台上的螢光燈把雨傘弄出的水灘照得黑黑的。現在是上行電車稀疏的時間。

耕二意識到自己目不轉睛地看著站在前面中年歐巴桑的背影。最近經常會這樣，不論是怎麼樣的歐巴桑，總會把她當作女人看。耕二覺得自己或許病了。

「所以說，耕二，下次你要到我們學校的食堂來看看，絕對讓你意想不到。」

由利熱心地說著。

乾脆跟喜美子分手不就結了。前些時候透這麼說，還說得若無其事。耕二覺得，他實在是難以置信的沒神經。透很聰明，不過也有非常遲鈍的時候。

隨著廣播的通知，生硬的電車滑進月台。

「你看！一片雪白！」

看到電車也積了一層白雪，由利歡聲大叫。

鋼琴家看起來的確像個發育過剩的小孩。詩史說他只有三十幾歲，可是卻已經開始禿頭，而且有點過胖。不懂什麼叫做「數學性的演奏」，但知道他是個能以超乎人類手指頭速度和強度來彈奏鍵盤的演奏家。

和詩史一起聽音樂的時候，透知道自己很空洞，很清楚地感覺到自己對音樂根本沒什麼興趣，可是身體卻極度渴求音樂。於是詩史和鋼琴家串通勾結，用美麗的琴聲看穿透的空洞。

安可結束後，會場的燈光也亮了，透依然坐在位子上。詩史先站起來，拉著透的手叫他站起來。

「眞的棒透了！」語氣略帶興奮地說，「聽了他的演奏，能量都湧出來了！」

到了外面，雪依然下得很大，一片一片小小的，隨著強風，猛烈地吹打而下。

「啊，好舒服哦！」詩史說，將拿在手上的外套穿上。「音樂廳裡面有點熱。」

看到直立看板上貼著「京葉線不通」的告示，透並不以爲意。反正詩史總是搭計程車。

鄰近飯店的計程車招呼站，候車人群大排長龍，卻一輛計程車也沒有。詩史稍微皺起了眉頭。

「就是這樣，所以我討厭城市下雪。」

接著詩史拿出手機，直接打電話給計程車公司。透像木偶般地站在她旁邊，看著這場似乎沒有停止跡象的雪。即使這樣下個不停，路上的雪依然有水水的味道。但是，透不討厭這種味道。

「眞是一點用都沒有！」

詩史說，把手機收入口袋裡。短時間內是叫不到車了，透很高興。

「要不要去排隊？」

朝著隊伍的後面跑過去一看，詩史大吃一驚道：

「開什麼玩笑！進去裡面吧，會凍著的。」

於是，兩人再度進入酒吧。這次酒吧裡的人口密度很高，回不了家的人們耗在這裡消磨時間。

詩史點了伏特加，透點了波本威士忌加冰塊。

「要不要吃點什麼？」

透搖搖頭。肚子還不餓，倒是可以和詩史在這裡窩很久，覺得很興奮，就連那些恰巧待在同一個地方的其他客人都覺得親切起來。這個夜晚可能會變得很有意思。

「要不要打個電話給陽子？」

詩史稍嫌客氣地問，透覺得有點掃興。

「不用了。」在磨得很厲害的櫃台上，用手托著臉頰。

「好漂亮的手指。」詩史微笑地說，「修剪得很漂亮。」

啜了一口伏特加，輕輕地說，眞好喝。店裡暖烘烘的，人聲沸騰，然而這種嘈雜並非讓人無法聽清楚每一句對話之類的，而是整個店醞釀出一種噪音，悠揚而穩定的噪音。

「給我一根菸好嗎？」

透說。高中的時候抽過一陣子菸，並不覺得特別好抽，後來就戒掉了，現在突然又想抽抽看。

「請便。」

透從菸盒裡掏出一根菸，拿在手上的時候突然後悔了。擔心自己拿菸的方式會不會有點蠢？不過詩史好像有點坐立不安，轉過身去看著店的後方說：

「不曉得有沒有空房間？」

房間。透自己也出乎意外地對這個詞感到一陣慌亂。不會和詩史一起待到天亮。即便有肉體關係，也只是在夜的盡頭極為短暫的時間裡發生的事，因此總有一種脫離現實的感覺。

「這種時候，我就會覺得我老了。」詩史搖著酒杯說。

「啊？」透不太清楚這話的來龍去脈。

「像這樣行程突然被搞亂的情況，在我年輕的時候是很能輕鬆享受的。」

透思索著這個句話。年輕的時候很能輕鬆享受，意思是，現在無法輕鬆享受；意思是，現在他是不受歡迎的……

「Hamelin回去了嗎？」

透用手指碰觸波本的冰塊回答：「應該回去了吧。」

彷彿想讓眼前的酒杯和吧台等等，恍惚的輪廓變得清楚一點，告訴自己什麼是現實。

「可是……」

也許是個奇怪的接續詞。雖然這麼想著，透提心吊膽地說。

「可是，我不希望妳回去。」

語畢，對自己話尾沒有說得更堅定有力，感到有點氣憤。

膝蓋上，有詩史的手掌觸摸著，接著輕柔地滑向透的大腿，突然間被迫抽回。

「我最喜歡你這一點。」

詩史直直地凝視著透說。之後，兩人會同時這麼做；連透都能確信而極其自然的，慢慢地親吻雙唇。細膩的，珍貴而疼惜的。

不願放開對方的唇，自己如此確切地渴望著，也知道詩史擁有相同的渴望。希望這個瞬間永遠持續下去，自己如此祈願著，並知道詩史也如此祈願著。就是像這樣的接吻。

「雪還會繼續下嗎？」

終於放開唇之後，詩史說。聽起來似乎希望雪繼續下的樣子。

「我去看看吧？」

透從凳子下來，詩史伸手纏繞著透的手指。

「等一下，我跟你一起去。」

這麼說，宛如黏著大人的小孩一般純眞。她從皮包裡掏出錢放在櫃台上，就在這時，手機鈴聲響起。

「喂。」

詩史小聲地回答，馬上知道是她老公打來的。

「我在酒吧裡，不要緊。」

詩史重複了好幾次「不要緊」這句話。

「眞的棒極了，他果然是個天才。安可曲彈了拉赫曼尼諾夫（Rachmaninov, Sergei Vasilyevich）的曲子。」

對，對啊……詩史說。

「我跟透在一起，不要緊。」

不久，當詩史問：「這樣好嗎？」透知道她老公要來接她了。

「我在這裡眞的不要緊，應該馬上就能叫得到車子。」

雖然詩史這麼說，但透覺得她老公一定會來接她。詩史越是客氣婉拒，她老公更會來接她。

「那我等你來囉，路上小心點哦。」

透不想看詩史掛了電話後的表情。

7

預計六月結婚的大哥要下聘了，因此，耕二被迫打工請假一天。

所謂下聘也並非互贈金錢或昆布那種古式懷舊的高雅禮儀，老實說，只是兩家人聚在一起吃頓飯而已，母親卻以非比尋常之勢大做料理，桌上擺了一堆耕二從未見過的餐具。女方送的桶酒已經在上午由宅配送到了，傍晚時分，男人們喝著這桶酒已經有三分醉意，父親竟然開了Château Margaux（法國紅葡萄酒）。

大哥與未婚妻在同一家大學醫院工作，兩人都是醫生。她長得醜醜的，嘴巴又大，但是耕二認為她是個讓人感覺很舒服的女人，酒品也不錯。

「眞的不去蜜月旅行嗎？」母親問。

切了一小塊牛排、剛放入口中的早紀——即將成為耕二大嫂女人的名字——用餐巾擦了擦嘴角，笑咪咪地說：

「對啊，旅行什麼時候都能去。」

兩人現在工作都很忙，沒有時間去旅行。

「隆志現在在寫什麼論文啊？」

早紀的父親問。他是化粧品公司的董事，對大哥的論文究竟有多少程度的興趣，令人質疑，但是生性嚴謹的大哥開始冗長地說明起來。

「要不要再吃點青菜？」

母親半強迫的，把沾有奶油香、溫溫的紅蘿蔔和荷蘭豆放到早紀的盤子裡。

總有一天，自己也會帶著誰來到這裡吧。耕二一邊想著，一邊有一句沒一句地聽著「婚禮」和「新居」的話題，現在去陽台上抽根菸又不太好。

大哥大他八歲，自從大哥進入高中後，兄弟的關係就沒那麼親近了。兩人感情還不壞，只是耕二覺得自己和大哥本來就不像。在耕二的眼裡，大哥從小就太沒有自我，太過溫順。雖然年紀差滿多的，完全沒有兄弟打架的印象。從小，不論是玩具還是零食，只要耕二想要，大哥什麼都借給他——或者讓給他。即使知道把東西借給耕二八成會壞掉，還是借給他。

「接下來就是耕二的就業問題了。」

早紀的母親突然把話鋒轉到他身上，耕二皮皮地笑了笑，簡短地說了聲「是啊」。眞是漫長的一夜。

地點轉到客廳開始吃蛋糕。彷彿約好似地翻閱著相簿，每當談到「調皮的弟弟」，耕二就配合這個角色，害羞地笑著，或是開始解釋。

祖母先上床睡覺後，一群人也沒有離去的跡象。比起大哥和他的未婚妻，雙方的父親可能會坐得更久，或許是喝酒的關係。早紀的父親個子不高，五官輪廓頗爲立體，借用母親後來說的話來形容，是張「俄羅斯臉」。經她這麼一說，看起來似乎也有那麼回事。這跟長相舉止都有點女性化，但以腕力自豪、踏實穩健、個子高大、打高爾夫球曬得黝黑的耕二父親，形成一種對比。

老公，差不多該走了吧。早紀的母親這麼一催，全家三個人站了起來，這時已經十一點多了。可是之後還有一幕，父親阻止母親說，這樣會讓人家很困擾，但母親根本不聽，依然拿著自己年輕時戴過的浮雕寶石胸針，以我們家沒有女孩爲理由，硬要送給早紀。耕二看得煩死了。

接著，終於走到玄關送客，早紀的父親深深一鞠躬。

「不成材的女兒，還請多多關照。」

這不是什麼嶄新的台詞，當然也不是對耕二說的，但實在讓他很受不了。三人站在三和土（譯註：在玄關、廚房或浴室門口，用水泥或土做成的小階墊）上，一起彎腰鞠躬，讓人覺得好像我們家領養了早紀似的。從她父母那裡，完全脫離。

「哪裡，您太客氣了。」

耕二的爸媽也彎腰鞠躬。大哥也鞠躬，爸媽也鞠躬，接著耕二也鞠躬。不過這總讓人覺得，怎麼說呢，有種爲時已晚的感覺。

「嗯，下聘啊。」

由利照例匆匆忙忙的，毫無餘韻地一邊穿上衣服，一邊說。

「好人家現在還是會做這種事啊。」

耕二點燃一根菸，喃喃說著，才不是什麼好人家呢。

「明明就是好人家呀！這種時代才會做下聘這種事。」

床上的床罩到半途依然還在，現在也幾乎蓋得好好的，沒怎麼亂。

「喂，喂！」

耕二將手伸向已經穿上內褲的由利。

「稍微再裸著身體一下嘛！」

他把還很長的香菸，按熄在菸灰缸裡。屋子裡，夕陽微弱地照進來。

「為什麼？」

「我想再多看一點，想再撫摸妳一下。」

由利歪著頭，稍微想了一下，穿上牛仔褲。

「妳一定要穿上嗎？」

「要穿！」

回答得直截了當，接著三兩下就把黑色套頭高領毛衣和灰色襪子穿上，動作俐落。

「為什麼？」

「人家會害羞啊。」

由利馬上回答。這話實在前後矛盾，但耕二頗為欣賞她那種毅然決然的態度。

他就是喜歡由利這種個性。

和喜美子在一起的時候，總是裸著身體到最後一刻。「礙事者」，耕二和喜美子如此稱呼對方的衣服。難得可以見個面，終於把「礙事者」脫掉了，又何必急著將它穿上身呢。

「可是……」由利一邊用手梳整頭髮，一邊說，「可是換作是我，我也不要那個寶石胸針，感覺好恐怖喔！婆婆送的禮物——」

耕二知道她說這話沒有惡意，還是有點不高興。

格雷安．葛林（Graham Greene）的《愛情的盡頭》，詩史在「透這個年紀」看的，是一部看之前和看了之後，感覺「一切都不一樣了」的小說。

透驚訝不已地看完這部小說。三月，漫長的春假裡，沒什麼特別的事要做，透把以前看過的書拿出來重看。喜歡閱讀，這是他和詩史幾乎唯一的共通點。古典音樂和比利喬，透也是受到詩史的影響才開始聽的。四冊的攝影集也是。

透經常認爲，詩史像個小巧麗緻的房間。這個房間舒服極了，讓人無法離開這裡。

家裡一片靜謐，只有透一個人在家，上午開始轉的洗衣機也已停止轉動。已經好幾年了，自己的衣服都自己洗。因爲交給母親洗的話，肯定會堆一大堆，想穿的時候沒有衣服穿，這種事情小時候經常發生。

透走進浴室，從烘乾式的洗衣乾燥機裡拿出洗好的衣服。鬆軟溫暖，帶著乾淨味道的衣服。

上星期，透滿二十歲。儘管是生日，這一天還是過得跟平常一樣，看書、睡覺，想到就打掃一下房間。父親有打電話來，問他想要什麼東西，他回答沒有什麼想要的。到了第二天早上，母親也問他同樣的問題，他的回答也一樣。二十歲，在法律上已經是個成人，但卻沒有什麼興奮或者感慨。

透倒是比較想見詩史。想見那個言行舉止絕對不會低級沒品，皺著眉說「我討厭下雪的城市」的詩史。

那一天，詩史的老公還開車送透回家。雪已經停了，透從車子後座的窗戶，看著到處都是已經除雪後的骯髒雪堆。依然記得從高速公路防護牆的間隔縫處看到的霓虹燈，顯得格外閃亮耀眼。

儘管道路狀況很差，車子依然穩定地行駛著。車裡非常暖和，椅子是苔綠色皮革製的，坐起來很舒服。

坐在前座的詩史幾乎沒有開口說話，不過當她老公問她話時，她會開心地回答，例如「那麼大的音樂廳當然會有空位囉」，或是「我有送花給 Hamelin」。

「透喜歡什麼鋼琴曲呢？」

詩史的老公突然對著後照鏡這麼問，透一時語塞，不知如何回答。

「什麼都喜歡。」沒有什麼好說的，只有這麼回答。

夫婦倆還談了一些透聽不懂的事情。例如說，下星期要跟誰見面，或是「我也去比較好吧？」之類的。

夜很深了。路上車子稀少，不過遲遲無法到家。音樂、酒吧的喧鬧、波本威士忌，都幻滅般地消失了。

年底曾經打工的百貨公司再度雇用耕二，負責和上次同樣的倉庫出貨工作，這次是「有經驗者」，所以時薪稍微高了點。不過和年底的工作量比起來輕鬆太多，於是耕二把它當作春假的打工之一，穩穩地接下來。

而且和主任也很熟了，跟其他的工讀生不同，屬於少數精銳，工作起來得心應手。

雖然和歲末時期怒濤般的出貨不同，春天依然有春天的特色，除了一般的發送品，還有棉被或餐具之類的「新生活用品」，或是慶祝入學或節慶人偶的「兒童用品」，土壤肥料或植物盆栽之類的「園藝用品」，也是各式各樣，種類繁多。

耕二的工作是單純的出貨——從指定的倉庫裡將商品拿出來堆好——雖然不用捆包，但不知道為什麼，一天工作下來手會乾糙、龜裂得很厲害。不單只是受傷和污垢，皮膚本身也相當乾燥粗裂。由利說「頗有勞動者的手的感覺」。這麼說並不是討厭的意思，還寄給他一個小小的小熊狀洗指甲刷當禮物。

耕二最近經常早上和由利一起打網球。由利在上的網球教室，只有早上七點到九點之間，開放給非會員使用，會員付的費用眞是貴死人了。

耕二沒有學過網球，只是來玩玩，順便陪陪由利，但卻不曾打輸擁有三年網球齡的由利。

撞球場的夜間工作依然持續著。橋本說，他的身體遲早會搞壞，但是耕二認為，眞的壞了的時候再說吧。只因可能性而焦慮、煩心，根本沒完沒了。

「去年年底，你也有來嘛。」

耕二站在倉庫外的走廊上，一個身材高大、長得像河童臉的男人對他說話。現在是休息時間，在吸菸區抽了一根菸，接著想打個電話給喜美子。暫時可能無法跟喜美子見面，聽聽聲音也好。

「你是學生?」

長得像河童般的男人問。看了一下他的名牌,上面寫著「山本」;穿著一件汗衫,和一條過大寬鬆的尼龍長褲。

「這裡是吸菸區吧?」

山本說,自己也從口袋掏出一包皺皺的七星香菸,站起來先走了。

「我們來慶祝一下吧,你的生日不是嗎?」

詩史打這通電話來,是生日過後兩個禮拜的傍晚。

「明天晚上怎麼樣?你有沒有想去的店?」

透覺得,這兩個禮拜是自己和詩史的距離,也是現實。

「哪裡都好!」透回答,「只要能見到妳,哪裡都好。」

詩史沈默半晌,隨後乾脆地說:

「那……明天傍晚我再打電話給你。」

於是透又開始在等電話。在灑滿陽光的客廳等,明明才快三點而已。等待,是一件不可思議的事。翻閱著母親隨便擱置的雜誌,透心想,等待是很痛苦的，但比沒在等的時間幸福多了，因爲這段時間和詩史產生了關連。詩史明明不在這裡，自己卻覺得被詩史包圍著；或許應該說，被支配著。拿起沈甸甸的婦女雜誌，刊載著賞櫻名勝地和廚房系列，還有各式各樣水果酒的特輯。

打開「芙拉妮」巨大厚重的門的瞬間，透總是很緊張，同時也爆發性地亢奮高昂。這眞的只有短短一瞬間，旁人（應該）不知道，但透的確每次都得面對這種爆發，感到困惑而驚慌不已。

詩史還沒來。透坐在吧台前，點了琴湯尼。店內昏暗，迴盪著音量極爲低沈的音樂。可能是蘿絲瑪莉．克隆尼（Rosemary Clooney）或是德克斯．本內克（Tex Beneke），非常古老的音樂。

喝完第一杯的時候，詩史來了。

「對不起，要出門的時候剛好朋友來。」

脫掉外套交給店員，坐在凳子上。

「妳從店裡來的啊？」

對啊，說完小小深呼吸了一下，詩史凝視著透，帶著感情地說：

「我好想見你。」

可是馬上又說：

「啊，好渴哦。」

說這話的時候，語調依然很有感情，透嚐到輕微的失望。詩史的鼻子很小。感覺不是很筆挺的那種，有點內斂，如果用雕刻做的話，感覺只要捏一下就能成型。透很喜歡她的鼻子。

「你過得怎麼樣？說一些你的生活給我聽。」詩史啜了一口剛端來的伏特加湯尼說。

「沒什麼特別好說的。」

說這話的時候，透心想，希望自己有一些能告訴詩史的事。例如工作，或是忙碌的大學生活之類的。

「我看了《愛情的盡頭》。」

透看著磨損得很嚴重的吧台上的酒杯和杯墊說。

「覺得怎麼樣？」

「滿有意思的，可是……」

「可是？」

「大概是我看不太懂的關係吧。」

詩史一臉納悶。透覺得非得進一步說明不可，於是說：

「看到一半的時候覺得還懂，看到最後就搞不懂了。」

詩史又露出詫異的表情：

「不行，再說清楚一點。什麼到一半還懂，到最後就不懂了？」

詩史的話裡帶著好奇心和興趣。透努力地回想這部小說，詩史靜靜地等待著。

「我不懂主人翁的情人的心理。」

終於找到答案說出口後，詩史略帶驚訝地皺起眉頭。

「你的回答眞是出乎我意料之外。」

詩史說，一個人微微地笑了笑，之後不曉得爲什麼閉上眼睛。

「不過你說的對。」她睜開眼睛看著透，接著說：「人的心理本來就很難懂，我對這種事一點都不覺得奇怪。」

透看不出詩史在感激什麼。他對小說的結局很不滿，只是單純如此而已。

「不過，我很喜歡這部小說裡的主人翁的情人。」詩史最後這麼說。

出了「芙拉妮」之後，來到六本木的一家餐廳。雖然是第一次來，詩史已經用自己的名字預約了座位。

坐定之後，香檳一送上桌，詩史就對透說：生日快樂。被詩史祝福生日快樂，這是第三次。十八歲的生日過後，十九歲的生日過後，還有今晚。

這家餐廳非常寬敞，擺飾裝置也相當精緻豪華。菜單上陳列著一些看不出是什麼料理的東西，結果點了松葉蟹和青菜生春捲，還有用法式鳌蝦汁蒸的紅米煨飯。

「雖然有點附庸風雅，不過味道不錯。」點完菜後，詩史說，「而且還開到半夜。」

其實這對透根本無所謂。因為有詩史在眼前，只有這才是最重要的。

在來這裡的計程車裡，詩史把手機關掉了。透全都看在眼裡，如果是上次的事，讓詩史學習到這一點，透覺得很高興。

料理的確每一道都很好吃。一如往常地，詩史所挑選的店總是錯不了。

「那個時候……」

透用刀叉切著燉肉，說出了從那之後一直想說的話：

「那個時候，很遺憾的，妳回家了。」

詩史一言不發，只是微微地笑了笑，將料理送入口中，啜了一口葡萄酒。又過了一會兒才說：

「沒什麼好遺憾的。」

詩史這句話，使得透瞬間暈眩在幸福裡。

今天送詩史回家後，她會讓我進她的房間呢？還是會把我推進計程車裡呢？

透酒醉而開始眩轉的腦海裡，想著這種事情。

8

第一次和詩史上床的經過，已經記不太清楚。那時透才十七歲，在外面吃飯、喝酒後，到詩史家去喝咖啡。

「請進。」

記得詩史打開寢室的門，說了這句話。當時透認爲這就是「那個意思」，接下來的行動非自己來不可了。於是，他抱她、吻她，將她推倒在床上。或許有點粗魯，但畢竟自己沒有經驗，又覺得自己非這麼做不可。

詩史被推倒的時候，不經意地「啊」了一聲，好像有點嚇到的樣子。兩人雖然都還穿著衣服，但透已經十分勃起，最後非插入不可。

他記住的只到這裡。接下來的記憶是片斷的，例如詩史曾經在中途說「沒關係」，總之最後把事情辦完了，大概就只記得這些。

「至少關於我的部分，你沒有必要認為非做什麼不可，或者什麼是不可以做的。」辦完事之後，詩史這麼說。

現在，透仰躺在和那一夜同樣的床上，凝視著房間一隅地板上朦朧的燈光，以及圓圓的落影。

和詩史做愛總是一下子就結束了。由於沒有經驗而不敢斷言，他覺得大概是因為詩史和自己都不是熱中這種事的人。詩史可能看出他之前沒有經驗，卻也未曾「教」過他什麼，或者「引導」他。半次都沒有。

透把身體吻合地貼躺在身旁的詩史身上，享受她那柔軟、嬌小的身體觸感；頭則偏過去埋在枕頭裡。

「這樣會不會很重？」

「不會。」詩史輕聲回答，「很舒服唷。」

由於她說的時候吐著幸福的氣息，身體在透的下面輕微地起伏著。

做愛的時候，詩史不會「狂亂」，也不會「呻吟叫春」，總是非常柔軟地，迎接透的進入。她的身體白皙、嬌小；還有，她會用溫柔美麗的眼神凝視著透。這種時候，透總覺得自己在被測試似的，感到有點困惑，這份困惑使得他發猛蠻幹起來。

如果現在淺野闖進來該怎麼辦？透待在這個房裡時一定會想到這件事。然而，那不是一種畏懼恐慌的感覺，比較接近幻想不可能的事情。他不認爲詩史會冒這種危險，甚至曾經想過，如果淺野眞的闖進來也好。反正他無所謂，和詩史在一起的時候，外面的世界彷彿是個異質世界。

遲了兩個禮拜的生日。

「二十歲的時候，妳在做什麼？」

透問。這個房間飄盪著茉莉花茶的香味。

「我忘了耶，那時我還是個學生。」

詩史說，起身梳理頭髮。

「我不是個認眞用功的學生，不太念書，喝酒喝得比現在還兇。」

透試著想像，但無法想像，接著又問：

「那時妳有男朋友嗎？」

詩史坦率地回答：有。之後在透的耳際，以愉悅的聲音說：「你知道嗎？」

「你知道嗎？我可是很嫉妒你的未來喲。」

透感到一股鬱悶和憤怒同時湧出。憤怒的部分，感覺有點自私。硬是將詩史擁入懷裡。

「妳爲什麼要這麼說呢？這太不合理了吧。那妳一直待在我身邊不就好了嗎？我不懂妳爲什麼要說這種話。」

數秒間，兩人維持著這種姿勢。

「好難過哦！」

詩史這麼一說，透連忙鬆掉力氣，他察覺到自己似乎壓得太過用力。

詩史伸出雙手，指尖在透的頭髮裡穿越滑動，彷彿要放入一撮撮的空氣似的。

「你不相信也無所謂，我是眞的很喜歡你。」詩史眯著眼睛說，「連我自己都難以置信呢。」

透頓時充滿一股莫名的哀愁，無法回答。

新學期一開始，就接到耕二打來的電話。這是夜裡透獨自一人剛吃完晚飯的時候。小時候，外祖母會來做飯給他吃，進入中學那年外祖母過世了，從此晚飯大多一個人吃。

耕二說，聯誼還缺少一個人，不來就太沒面子了。窗外的東京鐵塔，看起來小小的，不過相當明亮耀眼。

「聯誼？你做事也太不考慮後果了吧！」

這話當然不是在誇獎他，但卻帶著某種敬意。

「我？不是啦，我是義務幫忙的。聯誼是和由利一起去的，我根本沒有開拓的餘地。」

由於四周很吵，充斥著撞球聲，很難聽清楚耕二在講什麼。

「那我幹嘛去？」

透曾經參加過兩次聯誼，兩次都覺得一點也不好玩。

「這是當學生的基本吧？」耕二回答，「反正這個星期五就對了。我要掛了哦！抱歉，現在不太能夠講話。」

就這樣，他眞的把電話掛了。

「你看、你看，那個人好酷哦！」

耕二掛了電話後，由利拉著他的手說。由利的個性喜歡喧鬧。

「我看很久了，眞的打得好棒哦！」

那是最近常來的一對情侶。女的比較年輕，男的是個中年人。的確厲害到令人倒抽一口氣。

「嗯！」耕二承認，「他眞的打得很棒！」

光是看他判球的姿勢和視線就知道了。而且，感覺上不像技術老練的撞球老頭，大概只是單純運動神經發達，加上每個動作都極度精準正確。這是最基本的。重要的不是要些小花樣的技術，而是理論和運動能力的持久力。這也是耕二欣賞的撞球好手類型。

進入櫃台後，一邊擦玻璃，一邊遠遠地看著他們。那位女伴打得不太好，是個個子頗高的女人，看起來比由利年輕。她留著一頭蓬鬆的短髮，部分挑染成綠色。

「透會來嗎？」由利坐在櫃台前，托著香腮，喝著檸檬水問。

「Why not ?」耕二用英文回答，輕輕給她一個吻。

透聽著音響鬧鐘設定播放的比利喬，呆呆地看著天花板。百葉窗垂放關著，感覺得到雨的氣息。

凱瑟爾（Kessel Joseph）的《獅子》讀到一半，依然擱在枕邊。《獅子》也是詩史喜歡的書。

對於透而言，世界是由詩史爲中心建構起來的。

下床換衣服，走到廚房沖了一杯即溶咖啡。他百思不解，無望見到詩史的日子，究竟爲何非起床不可。

玄關擺著昨夜晚歸的母親脫在那裡、繫有鞋帶的鞋子——母親難得穿這種男性化的鞋子。

透的母親，今年四十八歲。由於頗爲注重外表打扮，感覺上還滿體面整齊的，但透覺得，由於她酒後的言行舉止實在太粗魯了，與其說是歐巴桑，倒像個歐吉桑。

「工作時的陽子，認眞投入的樣子很動人哦！」詩史曾經這麼說過，「一副很享受的樣子。就我所知，這在日本職業婦女裡，是很難能可貴的美質。」

透則認爲母親是個喜歡往外跑的人。烤了麵包，塗上奶油和蛋黃。

他坐在客廳的沙發吃著早餐，突然想起決定報考學校時，耕二曾經很嚴肅地對他說教。

「私立的？爲什麼？」

那是夏天，在高中旁邊的超商，兩人站在裡面翻閱雜誌。

「一般會想念國立的吧？」

他連那一天，耕二在白襯衫制服裡穿了一件黑色T恤都還記得。

「爲什麼？」透對說教和親切都很沒轍。

「因爲你的成績夠啊，而且你家只有你跟你媽，你也稍微操點心好不好！」

「你家雖然不是只有你跟你媽，你也不想念國立的不是嘛！」他自己也覺得這樣反駁很奇怪。「我不想讓我媽多花錢嘛。」

耕二啪的一聲闔上「YUNGJUMP」這本雜誌，走出店外。外頭是晴朗的大熱天。

耕二在這方面是滿認眞嚴肅的，雖然他是有錢人的兒子，但是對於家庭的觀念很重，非常認眞而健全。

不過透認爲，這根本是他喜歡干涉別人的壞毛病。

屋內一片靜謐。洗了餐具之後，他回自己的房間繼續看書。今天有兩堂課非上不可。這場雨看來會持續下一整天。母親不會這麼早起床。

紅色飛雅特熊貓車裡的面紙盒旁邊，放了一個小小的白色布偶，這是剛才耕二在電玩中心弄來的。布偶內藏電池，只要按下尾巴下面的鈕，身體就會震動起來。

喜美子心情很好。車子行駛在雨中的護城河道路上，聊著她婆婆的事。

「我跟她感情很好，當然有時候也會覺得滿討厭的。昨天我跟她一起上街買東西，她買了一件DOLCE & GABBANA的襯衫給我喲！真的好漂亮哦！」

襯衫的質地像是羅紗做的，上面印著色彩鮮豔的蝴蝶和花卉。喜美子說，她打算把這件襯衫當作夏天的短外套來穿。

「對了，你剛才說下午的課幾點？」

「兩點四十分。」

耕二回答。但這是謊言，升上大三之後，課就變得很少了。

「那……剩不到兩個小時囉。」

已經快十二點了。如果把到大學的距離也算進去，的確剩不到兩個小時。應該說她是這麼計算的。

「午餐去路邊攤隨便吃吃吧。」耕二提議，「這樣比較有時間休息。」

喜美子兩手握著方向盤——喜美子一直覺得太大且骨瘦如柴而耿耿於懷的手

上，戴著好幾個金戒指，而且戴得很淩亂——她將臉湊近耕二。耕二輕輕吻上她的唇，心裡想著，眞是夠了，這樣太危險、也太難看了吧。

辦完事之後，喜美子說要開車送耕二去大學，但耕二拒絕，自己搭JR去。三點，他和由利有約。

由於這個緣故，六點抵達聯誼會場時，耕二因爲疲勞和空腹，情緒變得異常亢奮。店裡面，有百貨公司認識的山本、透、還有橋本也到了，三個人窩在一起喝啤酒；由利的朋友來了三個，三個一起遲到二十分鐘。在她們現身之前，由利顯得惴惴不安。

這個時候，透已經顯得有點煩躁、待不住了。他一定很後悔來這裡。

長得一副河童臉的山本因爲滿心期待，顯得坐立不安。他一樣穿著寬鬆的尼龍長褲，不過比打工時的運動褲稍微髒了一點，上半身穿了一件白領的橄欖球衫。

橋本不論到哪裡都這樣，一副第三者表情坐在那裡。

三個男生裡，由利只見過橋本。今天她很期待見到透。耕二點了兩杯啤酒，也請店家先讓料理上桌。

過了一會兒，女生們終於來了，三個人都姿色平平，由利當初只說反正是很可愛的女孩。耕二認爲，聯誼能否熱鬧得起來跟女生的姿色很有關係，問題不在邂逅或個性之類的，對方要是可愛的話，男生自然會熱起來。這才是最重要的。

由利和耕二，分別介紹男女雙方三人，接著大家乾杯，笑笑鬧鬧了好幾個小時。

耕二認爲，就結果而言，這次的聯誼是失敗的。因爲氣氛完全炒不起來，沒有任何一個女生留下她的電話號碼。走出店外，雨還是下個不停，耕二因爲是主辦者，事務性的疲勞讓他覺得很煩累，所以續攤也決定取消了。

「再去喝一點吧！」

耕二在透的耳際說。接著一群人慢慢往車站走去，半調子似地解散了。

「這樣對由利好嗎？」

把其他人統統推進剪票口，只剩下兩人的時候，透問。

「沒有什麼關係啦！」

今天白天，兩人都把時間空出來了。

「倒是……不好意思哦，今天的聯誼不太熱鬧。」

「無所謂啦！」透苦笑，「我很少參加這種聚會，而且也見到了由利，和那個『有趣的傢伙橋本』啊。」

過了一會兒又補上一句：由利滿可愛的。

由利的確滿不錯的。不只最近，耕二以前也這麼認爲，由利很聰明，而且率眞。只要跟她在一起，耕二看事情都會變得很單純。

「你要去哪家店？」

被透這麼一問，耕二回答「隨意」，便逕自走向人群雜沓中，往市中心的霓虹燈方向走去。

就算被耕二找去喝酒，換作是他，也絕對不會叫詩史先回去。

透一邊走著，一邊在想這件事。絕對不會。這種想法被耕二知道了，耕二大概會蹙眉吧。但是對透而言，在這世上其他的任何事，都無法跟和詩史在一起的時間相比。

透在聯誼的時候，滿腦子想的都是，想見詩史。有點小小鷹勾鼻的詩史，和客廳觀音像柔軟手臂相似的詩史，以及用輕柔的聲音對他說「你不相信也無所謂，我真的很喜歡你」的詩史。

真想現在就見到詩史。

撐著雨傘走在耕二背後的透，如此痛苦地想著。除了詩史之外，沒有任何人事物能讓透覺得幸福。

9

耕二並不討厭做菜。他一邊做著豬肉炒青菜，一邊問懶洋洋躺著看電視的橋本：

「你飯有沒有好好吃啊？」

「嗯。」

橋本眼睛盯著電視、含糊其詞地回答，之後才轉過頭去對耕二說：

「你講話不要跟我媽一樣好不好！」

耕二把盤子和筷子放到桌上，打理著準備出門。

「你還會留在這裡？」

「會。」

耕二將鑰匙丟給橋本，拉上窗戶的窗簾，然後打開房裡的電燈。傍晚，打開電燈的瞬間，一直是耕二很討厭的。

「那我走囉！」

打開玄關的門，第一步踏到外頭的瞬間，聞到一股住宅區特有的濕氣味道。以前，從厚子家匆忙回來時，總會聞到這種味道。

要甩，一定要由我甩掉她。耕二作了這個決定，也照著決定做了，他認爲這樣對厚子比較好。

可是爲什麼這個時候，他卻感到一股近似寂寞的愧疚、心虛。

上次聯誼之後，和透兩人單獨喝酒。透看起來沒什麼精神。雖然他原本就不是聒噪、喧鬧的人，但話比平常明顯少了很多。

透覺得高中時代的朋友——包括不是這麼親密的傢伙——和上了大學認識的朋友，有著明顯的不同。那是一種即便現在不用讓對方知道的事，也隱藏不了的默契和交情，彷彿不管願不願意每天都在一起似的。

那時候眞像個小孩啊，耕二心想。也因此，有了一份難以形容的親近感。

「那個人看起來滿溫和的。」事後，由利描述她對透的感覺，「好像高中時代是參加合唱團的那種人的感覺。」

她猜錯了，透未曾參加過任何社團。放學後，如果耕二沒找他出去玩，他就直接回家了。尤其是最後一年，放學後經常要趕去和詩史見面，去看展覽或者聽音樂會、在酒吧聊天，他都直接穿著高中制服就去了。

那個時候對透的印象是，他吃得很少，中午頂多在學校的食堂吃兩個麵包、一盤沙拉，午休時間總是在看書，對耕二喜歡的 Aero Smiths（樂團名稱），他說他不知道這好在哪裡。接下來就是那棟房子——只有母親和自己兩個人住，竟然打掃得那麼乾淨。

耕二認爲透其實滿危險的，外表看起來溫和成熟，但其實是個小孩子。

透喝下第三杯白酒後，已然自覺有點醉意。

約好八點見面的詩史，已經在鄰座低哼著曲子。這家店播放的曲子，全部都是詩史「懷念的老歌」。

「接下來放 AS TEARS GO BY 。」

詩史開心地向櫃台後面身材修長的老闆點歌。

「你要是早點出生就好了。」

詩史一邊搖晃酒杯，使得葡萄酒的表面漾起小波，一邊這麼說。

「這首曲子對我而言非常特別，我一直希望你能跟我一起聽。」

看到透不知如何回應，詩史自己像在結束對話般地說：

「有時候啦，有時候我會這麼想。」

說完微微一笑。身穿白色襯衫和灰色長褲的詩史，坐在高腳凳上，看起來嬌小動人、無依無靠。透頓時我見猶憐，很衝動地，伸手貼在她的背上。然而，就結果來說，卻淪爲過於衝動、欠缺考慮的動作。

隔著襯衫，可以感受到詩史背骨的觸感。透心想，如果這個人離我而去，我說不定會死掉。

「稍微再這樣一下，不要動。」詩史說，「手，放在那裡。」

透照著她的話做。

出了店外，稍微走了一小段路，透就送詩史上計程車了。走路的時候，詩史一直纏繞著透的手指。透心想，她跟淺野走在一起的時候，也是這樣吧？但是他不敢問。

「妳跟淺野有約?」

取而代之的他這麼問。詩史明快地頷首說:

「我覺得結婚有一個好處,就是有人陪你一起吃飯。」

透苦笑,懊惱到想哭,不應該取而代之問這個問題。

「妳是在給我釘子碰?」

他覺得自己眞的醉了,只希望快點回家,躺在床上。

「沒有啊!」詩史微笑,打開計程車的門,「我只是單純陳述事實。」

接著,她不是用嘴唇,而是用臉頰碰了一下透的臉,隨即乘車離去。

回到家後,看到母親難得在家。

那時她正在廚房喝水,走出來說:「你回來啦!」

極爲平常的日常應對。吃飯了沒?我不想吃。太好了,連一把青菜都沒了。一直都沒有不是嗎?是沒錯啦,不過冷凍食品隨時都有吧。那個也沒啦?因爲我已經很久沒去買菜了。

母親依然穿著外出服,一邊講話,一邊把流理台的窗戶打開,嘴裡還叼著菸。

雖然沒有問透去了哪裡，不過透總覺得母親知道他是出去見詩史。

「我可以先去洗澡嗎？」

好啊，母親這麼回答。然而母親的眼神讓透覺得很不舒服。

「還打不直啊？」耕二邊收拾著空杯子邊說。

「好像用力一拉，就會往右邊歪過去。」

女人穿著迷你裙，頂著一頭綠色挑染的蓬鬆短髮。一個人打撞球，已經打了兩個小時。

「你知道哪裡出問題嗎？」

店裡的客人還很少，經過那裡被這麼一問，耕二陷入被迫給點建議的窘境。

「這樣嗎？」

「再稍微一點。」

說著幫她轉動球桿的末端。

「對，就這樣直直地撞出去！不要看前面的球，對準要打的球的中心。」

隨著高亢強烈的聲音，女人推桿撞出。球照著原先計算好的，兩次改變方向，掉進右邊中央的球袋裡。

看見了嗎？這麼說著回頭一看的女人，雖然談不上是個美女，但有著討好的臉孔；眼睛和嘴巴都很大，是一張表情豐富的臉。耕二心想，她如果不要化粧化成這樣就好。睫毛上了藍色和銀色的粉也就算了，頰骨那邊竟然還貼著小小星型的貼紙，感覺很輕薄。

「好球！」

這麼一誇獎她，她開心地笑了起來。

「妳可以叫那個人教妳啊。」耕二用試探的口吻說，「妳不是一向都跟高手來的嗎？」

女人展現出一種快要融化般的幸福笑容，和剛才的笑容全然不同。

「他很帥吧。」

之後把球放回原位擺好，再度開始練習。

「謝謝你教我撞球。」對著耕二的背這麼說。

進入六月後，有一陣子天氣不錯，像夏天一樣持續炎熱的日子。耕二喜歡夏天。

電話響的時候，耕二和由利還在床上。

「耕二嗎？」是喜美子打來的，「你在家裡啊。」

對啊，耕二回答。由利靠過來貼在他汗流浹背的背上。

「可以見個面嗎？」

「現在嗎？」

是啊，喜美子說。

「現在不太方便。」

和喜美子原本約好明天要見面的。

「這樣啊，那就沒辦法了！」

語調與其說顯得失落，毋寧說夾雜著怒意。

「出了什麼事嗎？」

他平常很勤於打電話給喜美子，就是爲了不讓她打這種電話來。

「你就不能有所割捨嗎？」

耕二沈默不語。在由利的面前，他也只能沈默。更何況他心裡明白，事情發展到這種地步說什麼都沒有用。

「爲什麼我總忘記你是個很冷酷的人呢？」

喜美子說著，還嘆了口氣。

「算了，反正明天就要見面了。」

用帶刺的語氣說，而且是一百根刺。

「突然打電話給你，很抱歉。」

耕二依舊把話筒貼在耳朵上，叼起了一根菸。喜美子就這樣把電話掛了。

「誰啊？」

耕二仰躺回床上，吐了一口煙，回答由利的問題：

「店長。」

心想，明天要討她的歡心是個大工程啊。

女人爲什麼這麼任性、自私呢？每個人都有他不同的狀況和苦衷，女人卻可以幾近無視地活著。這麼簡單的道理，連小孩都懂。諸如此類的事，耕二在喜美子上法文課附近的玻璃帷幕咖啡屋裡想著，但是他完全隱藏住這種心情，爲了昨天電話的事向喜美子道歉。

「其實那時候我恨不得馬上過去看妳。」

喜美子悶悶不樂地喝著冰紅茶。

「算了，不要再說了啦！」

怎麼可以算了，耕二說。店裡的冷氣冷到教人發寒。

「妳就不要再生氣了嘛。」

喜美子沒有回答，沈默了一會兒說：

「我好想見你哦！」

接著又說：

「有時候會突然想見對方吧？儘管知道今天就能見面，但不是今天，我最想見的是昨天。」

過了一會兒又說：

「想見的時候卻見不到的男人最差勁了！」

耕二不禁仰天長嘆。

「拜託，妳講話也想清楚之後再講。想見的時候見不到的人，應該是喜美子妳吧。因爲擁有家庭的人不是我，是妳啊！」

喜美子的表情變得很恐怖，彷若女鬼。

「你竟然能若無其事地說出這種話！」

然後將戴了一堆戒指的雙手攤在桌子上。

「一個人的心情如何，是沒有辦法按照理智走的吧？反正，你就是對我沒興趣啦！所以你才會說出這種話！」

這實在太不合理了，但是看到喜美子怒氣衝天的狂亂模樣，有時會讓耕二覺得有點心疼。

「好了啦。」

耕二說，站起來拿起帳單。他知道，儘管喜美子氣得像女鬼般恐怖，依然會乖乖地跟他走。接下來，不論再多的語言，也都只意味著：我要你，我想和你上床。

一出店外，耕二摟著喜美子就是一陣狂吻，喜美子也揪著耕二的頭髮，張開她的嘴唇。兩人情慾高漲，爲了確認對方也情欲高漲、強烈而且渴望，空氣本身也些微高昂、亢奮起來。情欲回應著情欲。耕二想玩弄乳房的手，被喜美子輕輕地制止。下樓梯時，兩人也是用小快步。陽光從正上方照下來。上車，發動引擎，一直到滑進「大和」賓館，不到五分鐘。

透再度見到由利，是在耕二哥哥的結婚之夜。兩人都沒有被邀請來喝喜酒，卻不曉得爲什麼在宴後的第二攤被邀請了。地點在大樓的頂端，有個地板會旋轉的瞭望式餐廳，由於無法掌握人數，現場顯得有點混雜，但是個熱鬧喧騰的派對。新娘和新郎都是醫生，來的人大多以醫院方面關係者，以及醫大時代的朋友爲主。

耕二穿著一套雙排釦的西裝。在透眼裡，那儼然是富家子弟之類的服裝。耕二和大哥的感情並不是那麼好，但是大哥的朋友們都很疼愛他，說這像是耕二的作風，的確也滿像的。

由利和透都不認識其他人，穿著不習慣的連身洋裝和西裝，很無聊地站在一旁。

從窗戶可以俯瞰東京。數不清的霓虹閃爍，黑沈沈的皇宮樹林。前方的玻璃上映照著屋內的景致，斷斷續續聽到不太會用麥克風的司儀的聲音。

「好美哦！」一旁的由利看著窗外說：「透，你一直住在東京嗎？」

透回了一聲「嗯」，接著問：「妳呢？」由利笑了笑說：

「靜岡。聯誼的時候我說過了，不過你沒有跟我們聊天。」

透覺得這個女孩給人一種清潔感。突然想起，那天並沒有仔細看看她。

「耕二念高中的時候是什麼樣子呢？」由利問，彷彿在問非常遙遠以前的事。

「就是現在這個樣子啊，霸道、衝動。」

隨後又補上一句，偶爾喝了酒之後會變得很強。由利開心地笑了笑。

「好好哦，你都可以待在那時候的耕二身旁。」

透不知如何回答。

「好好哦！」由利又說了一遍。

耕二的確像個「調皮的弟弟」，大口大口喝著加冰威士忌笑笑鬧鬧，心裡卻惦記著爸媽。大哥原本一直住在老家。現在這個時候，只剩老人家的家裡，夫妻倆可能在晚酌吧。

大哥還是老樣子一直站在那裡，早紀是新娘，卻更像同學會的主角，忙東忙西地到處走動。

儘管如此，耕二望著大哥那群幾乎都是醫生的朋友，心想這群人只不過三十來歲，怎麼個個都顯得老氣橫秋。看到這種場面，不禁讓人覺得醫生是一種出胖子和禿頭比率很高的行業。

突然，他又想起下聘之夜，早紀的父親在玄關彎腰鞠躬的身影。「不成材的女兒，還請多多關照。」那時，那種撼動人心的懷古之情究竟是什麼呢？

例如喜美子，或是厚子，她們都不是這樣嫁出去的吧。

甜點已經上桌，耕二伸手探尋由利的蹤影。一邊摸索著，卻想起喜美子的身體。

喜美子。

喜美子是個惡魔。耕二回想起那之後幾個小時的事情。他想了又想，認爲那絕對是身體的錯，也就是所謂的情欲。房間裡當然有冷氣設備，但是那時想都沒想到要去開它，也沒想要去脫對方的衣服；兩人分別各自脫下，連說話的時間都沒有。氣喘吁吁地，汗流浹背地，貪婪地沈浸在肉體的歡愉裡。

「反正，你就是對我沒興趣啦！」

結果喜美子說出這種話。不說自己身爲人妻的不自由，反過頭來責備耕二不該這麼對待她。

「我好想見你哦！有時候會突然想見對方吧？」

耕二看著在窗邊和透聊天的由利，一邊伸手去拿桌上的甜點，不禁沈重地嘆了口氣。

10

「這套內衣是特別爲了你買的唷！」

身穿向日葵般鮮黃色的胸罩和內褲的喜美子，唇上和唇邊都沾滿了蜜桃汁液，趴在耕二的身上幸福地笑著。

正午時分。

「果汁會滴下來啦！」

耕二抓著喜美子的手腕。喜美子手裡握著一顆幾乎只剩桃核的蜜桃。濃郁的香甜味，彷若糾纏不休似地籠罩著。

喜美子肆無忌憚地吸著耕二的唇。耕二將她另一隻手腕也抓住了。雙手被封住的喜美子從喉嚨深處發出笑聲，搖動雙手想要掙脫，一邊掙脫，一邊卻也不想離開耕二的唇。

耕二吻著水果味的唇，一邊伸動雙腳企圖逆轉體位。喜美子則更纏住他的腳奮力抵抗。耕二不禁由衷佩服，這個女人力氣眞大。

笑聲、呻吟聲、黏膩聲此起彼落，喜美子終於累垮地趺躺在耕二懷裡。耕二擁著這樣的喜美子，自己也不禁輕輕笑了起來，隨即將手指伸向黃色的內褲，將它拉下，露出骨頭突出、纖細的小蠻腰。

被粗暴的拉近後，喜美子當然又是一陣笑聲，一邊吻著耕二的額頭、眉毛、頭頂，幾乎吻遍了他的全身，一邊用腳非常熟練地扯下殘留的內褲。

連自己也難以置信的程度，耕二察覺自己已經忍不住了，這一天他做了三次。

「我或許不行了。」

翻雲覆雨之後，耕二仰躺在枕頭和夏日涼被都已經掉落在地的床上，喃喃地說。窗戶吹進了一點微風，但對汗水淋漓的濕熱根本派不上用場。

「也有可能是野獸。」

「你不知道你是野獸啊？」

身旁同樣仰躺著的喜美子說。她單手放在耕二的肚子上，這種重量讓耕二覺得十分喜愛。

「眞的，我已經不行了。」

這是耕二第一次帶喜美子來自己的公寓。因爲喜美子說一定要看看耕二的公寓，無論如何都不肯退讓。最近喜美子經常說「一定要」，例如一定要現在見面，一定要聽你的聲音之類的。

「你這裡有浴室嗎？」

原本喜美子身上還穿著胸罩，因爲被汗水浸濕而脫掉，現在裸著身體站起來。

「在那裡。」

耕二伸手指著浴室，看著喜美子的裸體。

「眞的，眞的好美哦！」

過了半晌，喜美子微微一笑，說了聲謝謝，親吻耕二的額頭。

「我每天都在跟加齡和重力奮戰呢！」

借一下你的浴室哦。喜美子說完進入浴室後，耕二才終於明白「加齡」的意思。重力是馬上就懂了，不過「加齡」究竟是什麼意思？光是用聽的，根本無從想像。

「喂，你看，那個人眞的好帥哦！」

夜晚。由利在櫃台喝檸檬酒，扭著身體看著那個常客。

「因爲聲音不一樣，不用看也知道是那個人打的。」

的確如此。

「聽說那個人姓前田。」

跟她這麼一講，由利兩眼睜得大大的，含著吸管問：

「你怎麼知道呢？」

「因爲他是常客啊。」

耕二這麼回答，其實他是問和美的。和美是前田的女伴，大約從半個月前開始，經常一個人來練球，她說她是高三的學生。

「他是個怎麼樣的人？」由利更加盯著前田看。

「不知道。」比起前田，耕二當然對和美比較有興趣。

「由——利——！」

但是，由利的目光被別人的男人奪走，也讓他覺得不舒服。

他用食指指著回頭的由利：「不要送出那種視線，看著妳眼前的男人！」

由利覺得很好玩地笑了笑，說：「跟個白癡似的。」

每年都會這樣，一到暑假，透就閒得發慌。小時候，還會組裝模型或是玩拼字遊戲，類似這種一個人就能玩得很起勁、打發時間的遊戲。透聽著瓊妮．蜜雪兒（Joni Mitchell）回想小時候的情景，不禁一陣苦笑。而且在更小的時候，還在陽台上的塑膠游泳池裝滿了水，總是泡在裡面玩，可以玩很久。現在回想起來雖然有點愚蠢，在那小小的塑膠游泳池，把游泳圈、蛙鏡、潛水呼吸器，甚至連蛙鞋都帶進去玩。

能夠使用塑膠游泳池，只限於爸爸在的日子。因爲灌水、抽水這種麻煩事，媽媽打死也不肯做。但是爸爸卻非常帶勁地打點這一切，讓透能盡情玩水。

小時候——。

透以一種不可思議的心情想著。那時候，一個人是理所當然的，一個人也無所謂。究竟是怎樣的強韌而遲鈍啊。

瓊妮．蜜雪兒的歌，是前些時候在西麻布的酒吧首次聽到，是詩史點播的。

瓊妮．蜜雪兒，卡洛．金（Carole King），CCR，艾爾頓強（Elton John），還有滾石合唱團（Rolling Stones），都是透從未聽過的歌曲。

詩史過得怎麼樣呢？打個電話給她吧？交往已經快三年了，透至今仍然無法光明正大地打電話給她。

沒關係啦，隨時都可以打電話給我。雖然詩史若無其事地這麼說。

六張榻榻米大的房間裡，擺了一張桌子、一張床，還有一個書架。床的兩側擺著喇叭，這樣就已經擠滿了。小小的衣櫥設計成埋在牆壁裡的形式，所有的衣服都收納在這裡面。透身邊的東西算是比較少的，因爲一目了然感覺比較安心。

從書架上抽出一本攝影集，這是最近在詩史的店裡找到的，很喜歡就買下了。

「你的嗜好不錯嘛。」詩史在收銀機前這麼說。

想了想，還是想打電話。終於下定決心後，透走向客廳。如果說自己的房間沒有電話，朋友聽了一定大吃一驚，但因母親很少在家，在客廳打電話並不會覺得那麼不自在。

可是，電話打不通。響了五聲之後，傳來一個女人的聲音說，現在無法接聽您的電話。

很明顯的被隔開了。詩史現在在遙不可及的地方。躑躅之後依然打了電話，使他覺得很羞恥，隨即又返回自己的房間。於是，時間又多到不知如何是好。

耕二此時還沒有留意到，這個暑假將是最糟糕的暑假。

差不多得開始找工作了，當然他會拜訪一、兩家公司，然而他也很清楚，要自己選擇更有效的好方法。

「啊，在這種地方看到的都是一些臭男人的臉！」

坐在喧騰吵鬧的居酒屋桌邊，山本在發牢騷。

「那你去找那個女人啊！」

耕二不爽地瞪著山本說。他覺得山本這個人不壞，就是太軟弱了，欠缺行動力。

「臭男人的臉我也無所謂哦！」

橋本嘻皮笑臉地說，喝著大杯的葡萄果汁雞尾酒。

「這有點噁心。」

耕二這麼回答。但耕二本身也很喜歡和男人喝酒，特別是在今天。

昨天喜美子的脾氣糟透了。

剛開始的時候還好。耕二去位於惠比壽的瑜伽教室接她，看著踩踏老舊大樓樓梯下來的喜美子一臉笑盈盈的，還把手腕繞在他的脖子上，天氣也很好。在烈日當空下，立刻飛奔前往賓館。喜美子在車裡聊到，週末和老公去高爾夫之旅的事。進入賓館房間後，她漸漸地開始鬧彆扭。

「告訴我她的事！」喜美子說出這種話。

「她？」

「很久以前了，我問你有沒有這個人，你回答有不是嗎？」

耕二不記得了，於是他這麼回答：「我有說過這種話嗎？」

她說的人或許是由利，也有可能是前些時候，當游泳池監視員的時候認識的那個女孩。當然也有可能是喜美子在撒謊。至少，和喜美子認識的時候，耕二沒有跟任何人交往。

「有什麼關係，有女朋友也是理所當然的啊。」喜美子依然不死心。

「就是沒有嘛，半個都沒有。」耕二先試著這樣回應看看，「只有妳一個而已。」

之後，耕二解開她上衣的釦子，唇在她的乳房爬行。喜美子任由他去做。

然而即使上了床，喜美子的身體依然動也不動，一直瞪著天花板。

「妳在鬧什麼彆扭？」

雖然覺得有點煩，耕二依然以甜甜的口吻問。喜美子從容不迫地起身，撿起衣服開始穿了起來。耕二心想，眞的假的？

「喂！」

叫她，她也不應。耕二嘆了一口氣，實在拿她沒轍，自己也把衣服撿起來。就在這一瞬間，喜美子發飆了，回頭盯著他看的表情眞的很恐怖，然後丟出一句她很拿手的台詞：

「反正你就是對我沒興趣啦！」

「有啦！」心裡嘀咕著，就是有才會脫掉衣服不是嗎？

「我實在搞不懂妳在生什麼氣？」

接著兩人沈默不語，互瞪了一會兒。

「你明明就對我沒興趣還敢說！」喜美子同樣的話又說了一遍，「那你爲什麼無所謂呢？」發出尖銳高亢的聲音，抓起背包就要走。

「冷靜一點，我眞的不懂嘛！」
反射性地靠近她，反射性地將她壓在牆壁上。
「冷靜一點啦！」
喜美子的身體發燙，燙得驚人。以爲她會哭出來，但是她沒哭，奮力想掙脫被抓住的手腕。
「放開我。」她以平靜的聲調說。
「我不放。」
不知道爲什麼不放開她，但耕二依然如此斷言。到了這種地步，根本也不想做愛了，然而他的視線就是無法離開，用挑戰的神情尖銳地瞪著自己的喜美子。他希望找回那個強烈吻她時不知所措的喜美子，於是使出蠻力制伏她，結果喜美子以不遜於耕二的激烈強度反制，度過了之後的一個小時。
「眞是夠了。」耕二想起這件事不禁嘆了一口氣，「爲什麼她總是那麼情緒化呢？」
「又來了啊？」橋本苦笑，「你還眞殷勤啊。」
他在美乃滋的碟子裡，撒了一大堆七味辣椒粉。橋本很喜歡七味辣椒粉。

「你也撒太多了吧？」山本說。

但是耕二比撒辣椒粉本人——橋本——更早拿起魷魚乾沾了美乃滋辣醬，毫不以爲意地送入口中。

那是一種嫉妒吧。雖然可以猜出可能是一種嫉妒，但是喜美子究竟在生什麼氣呢？耕二無法理解，也不認爲他可以理解。或許那是喜美子式的粗暴前戲吧？他甚至胡亂猜疑地想到這裡來。

無論如何，總有一天非分手不可。腦子裡的某個角落，總是在想著這個。

音樂也已經聽膩了。

昨天，白天去剪了頭髮。今天，應大學朋友之邀出門看大學棒球比賽，但無聊透了。除了每週兩天的家教要去之外，其他沒有什麼像樣的事要做。透的時間多到發慌。

跟詩史，已經快一個月沒見面了。

雖然也可以說是完全沒有念書導致的結果，但是上學期的考試實在考得太差了，很久沒去圖書館了，想說明天去圖書館看點書吧。高中的時候，就好像其他的人會去上補習班一樣，他都待在圖書館裡念書。他覺得那個地方能夠讓自己心情穩定。

太陽一直不肯下山。透躺在客廳的沙發上，閉上眼睛想睡個遲來的午覺。認識詩史以來，他待在客廳的時間變多了。因爲待在這裡，至少可以不用擔心漏接了電話。

就在快要睡著的時候，電話響了。可能是快睡著的關係，忘了「說不定是詩史打來的」念頭，平常他總是抱這種期望去接電話。

結果是父親打來的。

「你過得怎麼樣？」

透回答：我過得很好。

「已經開始放暑假了吧？」

父親還說好久不見了，要不要出來吃頓飯。屋裡的冷氣開得太強，有點冷，他拿起遙控器關掉冷氣。

「好啊，現在嗎？」

透這麼一回答，知道在電話那頭的父親鬆了一口氣。

「你剛才在睡覺啊？」聽聲音，馬上就聽出來了。

「打了一點小盹。」透承認。

「這樣啊。」父親的聲音帶著笑意。

約好一個小時後去父親的辦公室找他，透就掛了電話。掛上電話的時候，覺得自己和詩史又被隔離開了。

窗外依然很亮。

出門前之所以沖了個澡，是因爲脖子、臉上，還有頭部的四周都沾了理髮店的味道。不曉得爲什麼，從很久以前開始，理髮店的味道總讓透覺得自己很孩子氣。

從連接車站的坡道上方，可以看到紫羅蘭色的天空下，剛點亮燈泡的東京鐵塔。有一種夏日黃昏的味道。

父親穿著一件奶油色的POLO衫，很享受地喝著咖啡，聊著最近接到的設計案子的住家。這棟房子位於葉山，聽說所有的一切都是白色的。連爲了防止烏鴉來咬垃圾的網子，都特別交代要用白色的。

「他們眞的很喜歡白色啊。」

這麼一做總結，父親笑了笑。透覺得自己也非得說些什麼不可，於是說了上學期的考試考得很糟的事。父親當然很開心地聽著，然後說：

「考試不是什麼大不了的事。」

「是啊，是沒錯。」

透並不討厭父親，只是和父親說話的時候總覺得假假的，好像語言無法發揮語言的機能似的。

「有在釣魚嗎？」透想改變話題說道。

父親擱在吧台上的手臂，顯得粗碩庸俗。

「有啊，前些時候去釣香魚。」

右手背上有個小小的傷痕，據說是小時候被煙火的火花燒到的痕跡。

「這樣啊。」

透深深覺得，如果不是和詩史講話，講話根本沒有意義。只有面對詩史的時候，才能充分發揮自己的語言機能。如果不是和詩史一起，連飯都不想吃。

「你不吃啊？」父親似乎看出來了。

「沒有啊。」透回答，拿起小杯的啤酒一飲而盡。

父親還在家的時候，一進玄關的牆壁上掛著一幅匾額，看起來像是許多色彩繽紛的蟲蟲排在一起，是一幅針織的匾額。透小時候，經常毫無由來地盯著它看。如今和父親坐在一起喝著啤酒，不經意地想起這件事情。

II

街角的麵包店，是高中時代放學回家的時候，經常和耕二去買麵包吃的店。在當時就已經是稀少而有價值，一半是賣雜貨，雖然有點舊舊髒髒的，卻是頗具風情的店。

「這裡？」

被由利這麼一問，透回答：就是這裡。下午三點，附近沒有人影，豔陽四射的大晴天。從高中出來，往車站的反方向走，是個靜謐的住宅區。

「這條斜坡上有公車站，雖然要繞一點路，我以前經常和耕二搭這一線公車。」

透說明著。在強烈的陽光下，由利瞇起眼睛望著麵包店說：

「是一家有懷古幽情的老店啊。」

店家擺明就在眼前，玻璃窗全部是敞開的，可以看見昏暗的屋內，而由利的口吻，卻像在憧憬著遙遠的彼方。

「要不要進去看看？」

透問，由利搖頭否定。

當由利打電話來說，想去耕二以前念的高中附近走走時，老實說，透覺得很困擾。

「妳可以叫耕二帶妳去啊？」

由利毫不遲疑地說不要，還說：「這和耕二無關，我只是想去走走。」

「我是無所謂。」

透故意回答得有點模糊不清，由利卻說：

「太好了！」

昨晚，透打了通電話告訴耕二。耕二馬上說由利已經告訴他了。

「啊，不好意思哦，她好像在期待什麼似的。」

烈日當空。在麵包店前面的自動販賣機買了可樂。由利用手帕擦著手臂內側。

靠在斜坡下的鐵網上喝著可樂。以前和耕二吃麵包，也是在這個地方。

「把書包放在那裡，然後靠在這裡，耕二則蹲在那裡。」

聽透這麼說，由利露出開心的表情。麵包店的隔壁是一家老舊的理髮店，店外有那種三色波紋的招牌燈旋轉著。透經常在這裡眺望那間理髮店的招牌燈。

「你和耕二在這裡都聊些什麼？」

「怎麼說呢，很多事情啊……現在已經記不得了。」

由利也察覺到自己的問題有點蠢，笑著說：

「說的也是哦。」

透也跟著微微地笑了笑。

「妳這麼喜歡耕二啊？」

透終於問出了這句話，由利毫不躊躇地回答：

「對啊。」

高中，車站旁的超商，中途下車蹓躂，街上的電玩中心，麵包店。接著要帶她去哪裡好呢？

「接下來要去哪裡？要不要去搭公車看看？」

「我要搭！」由利神采奕奕地回答。

關於透和由利兩人單獨見面，耕二對自己絲毫沒有感到不悅而覺得可笑。因爲他經常自我分析，覺得自己嫉妒心很重，警戒心也算是比較強的。

不過，這兩個人都是能讓自己撤除警戒心的人。耕二這麼一想，覺得十分滿意。能夠讓人放心信任的人很少，既然要信任對方就要徹底信任。

這是個天氣晴朗的星期三。放暑假的大學校園，一片靜謐閒散。擁有兩座棒球場，還有田徑競技場，連手球場和弓箭場都有，是個佔地寬廣的大學。在佈告欄上找到「人體實驗」的打工，一小時就結束了。在體育系老師和他校學生的守護下，手腳裝上電極做了一些活動。工作內容只有這樣。

熱昏了。叼起一根菸點上火。經過文連樓的前面，聽到戲劇社員難聽的發聲練習，空氣變得更加燥熱難挨。

今天打算回老家，主要是談找工作的事，在那之前，一定要好好享受母親的拿手好菜。

一如往常，詩史的邀約總是來得唐突。

「週末我要去輕井澤，只有一天，你要不要來玩？」

炎熱的夏日持續著，突來的午後雷陣雨淋濕了市街，空氣顯得有點涼意的傍晚，透和詩史在「芙拉妮」餐廳裡。

「我在那裡有一棟別墅。」

詩史啜了一口伏特加，看得見細細的喉嚨在滾動。

「別墅？」

透反問，詩史點點頭說，是個很棒的地方哦。

一直想見的人就在身旁。

透光是爲了品嚐這個事實就已經夠忙了，「週末」還有「別墅」都嫌太遠，無法產生眞切的感覺。

因爲他一直很想見她，滿腦子想的都是詩史。看詩史看的書，聽詩史聽的音樂。有時候甚至會想，她是不是生病了？想她想到快要失心瘋。

詩史的表情冷冷的，彷彿不曾將透丟置於痛苦中，昨天也見過面，今天也見了面般地自然，優雅地喝著酒。

「可以打網球喲！」詩史說。

透有點迷惑，但仍誠實地回答：

「我沒有打過網球，對運動不在行。」

詩史單手托著臉頰，狀似愉悅地盯著透，說了一聲：「哎呀！」睜著美麗的杏眼。「眞巧，我也一樣。」

接著點燃一根菸，吐了一口煙說：

「也可以打高爾夫球，可是你不打吧？」

透回答不打後，她緊接著說：

「太好了！我最討厭打高爾夫球的男人！」

之後又重複說了一次，眞是太好了。

「我們來用力自甘墮落一下吧。從大白天就開始喝酒，然後睡午覺。」

這話聽在透耳裡，宛如令人屏息般的事情，有一種恍若夢境般的甜美。

「可以過夜嗎？」

透這麼一問，詩史霎時露出不可思議的表情說：

「當然可以啊！」

還說他這個問題問得眞奇怪。詩史微微地笑了笑，把杯子裡剩餘的伏特加一口飲盡。

「可是，你空手來沒關係喲。必要的東西我們再去買。」

她看了看左手腕上的手錶，站了起來。

「我得走了。你慢慢喝哦，想吃什麼就叫來吃。」

透一邊祈禱臉上不要浮現失望的神色，嘴裡回答：好的。頓時，微笑彷彿被關在「芙拉妮」厚重的門後。就這樣，透突然又變成孤單一人。

早上和由利打了網球之後，去上了一個家教，在叫耕二「家教男」的那個調皮搗蛋女孩家裡吃了午餐親子丼之後，耕二趕去和喜美子幽會。

這陣子，每個禮拜和喜美子見面四天，都是她去才藝語文教室上課的時候。前所未有的頻繁度。這是因爲喜美子的要求？還是自己的欲望？耕二難以判斷。

確定明白的只有一件事，照這樣下去會出問題。喜美子的要求與日俱增，自己的欲望也是。兩者會在極限處產生衝撞，眞的已經快到極限了。

「耕二的皮膚好好聞哦。」喜美子奇妙地吻著耕二的小腿之後說：「有一種年輕、芳香的味道。」

接著又吻上他的大腿、肚子，然後將唇落在肩上。

「完全沒有無用的東西。」

旅館的房間狹小，沒有窗戶顯得更加昏暗。

「無用的東西？」

「例如脂肪，或是乳房。」

耕二覺得眞是夠了。

「有啊，脂肪跟乳房都有啊。」

喜美子毫不客氣地俯瞰仰躺的耕二說：

「是沒錯啦。」心不甘情不願地下了一個結論。

「況且，如果乳房是沒有用的東西，那我最喜歡妳那沒有用的東西。」

耕二起身，從背後抱住喜美子，用雙手握住她的雙乳，一手握一個。喜美子咯咯地笑出聲，掙脫身子彎下腰去拿背包，一邊說著：「我有東西要送給你。」一邊在皮包裡搜尋。

耕二接過東西一看，皺了皺眉頭。是一支手機。

「你帶著吧。」

喜美子說這話時語尾上揚，彷彿疑問句的問號似的。語畢，她狀似擔心地看著耕二的表情。

「為什麼？」

耕二的語氣帶著不悅，不悅到連自己都覺得露骨。極度不悅。一個年紀比我大、裸著身體的女人拿了一支手機給我，我為什麼非得乖乖帶著不可？他在心裡嘀咕著。

「為什麼？因為這樣隨時可以取得聯絡不是嗎？再說，時下的年輕人帶手機是很普遍的啊！」

雖然說時下年輕人有此習慣，但不帶手機自然有不帶手機的理由，這樣的事情，這個女人為什麼搞不懂呢？

「收下來應該無所謂吧。」喜美子用高八度的聲調說：「跟她約會的時候，只要關機就行啦！」

還加了一句和問題本身無關的話。

「我討厭被迫帶這種東西。」耕二說。

「你覺得被束縛是不是？」

喜美子的表情沒變，用帶刺的語氣說：

「那還給我吧！」

她從耕二的手中搶回手機，好像在摔什麼似地扔進垃圾桶。垃圾桶是金屬製的，發出巨大的聲響。

喜美子一激動起來，動作就會變得很誇張，在房間裡踱步的速度也會加快，拿起衣服來穿的動作也顯得粗魯。

「冷靜一點啦！」

耕二說。他看了一下垃圾桶，手機的內蓋已經脫落，電池也掉出來了。

「東西本身又沒有罪，妳也太粗暴了吧。」

喜美子根本沒有在聽。

「我實在好傻哦。眞的，太傻了。」她自言自語地嘀咕著，「用心良苦的人只有我。」

平常的喜美子甜美可人，但生氣時的喜美子，總是讓耕二聯想到心情惡劣時的母親。那張歇斯底里的老太婆嘴臉。

「喜美子，妳不要這樣啦！」

耕二心想，或許已經到了極限，無法再交往下去了。

「要怎麼樣才能跟你更靠近一點呢？我滿腦子想的只有這個。怎麼做才不會對你造成負擔，但是可以更靠近你。」

已經穿好衣服的喜美子說到一半，聲音突然開始顫抖。

「爲什麼你一點都無所謂呢？」

然後就這樣哭了起來。

「爲什麼呢？爲什麼你無所謂呢？」

耕二看著天花板。

輕井澤萬里無雲。

從東京車站搭銀色的新幹線六十五分鐘。他跟母親說，和大學的朋友去旅行。母親用懷疑的眼光看了透一眼，但也只說了一句：這樣啊，小心一點。

他和詩史約在車站碰頭。路上車子很少，詩史很早就到了。今天的詩史穿著一襲深藍色的夏日洋裝，露出白皙的手臂。

「行李呢？」

看到詩史只帶了平常那只側背式背包，透不禁這麼問。雖然自己只住一晚，但之後詩史還會在那裡住上一陣子。

「行李？需要什麼行李？」詩史開心地反問。

這一瞬間，透感到他們兩人是自由的。幾乎，什麼事都可以做。兩手空空，卻什麼地方都可以去。彷彿，可以永遠這樣旅行下去。

事實上，這一天什麼事都沒發生，透覺得太幸福了，幸福到現實感變得很稀薄，甚至覺得奢侈。好想一個一個細細地品嚐、玩味，但就如車窗外流逝的景色難以捉摸，束手無策地，幸福就這樣溢滿滴落而去。

在新幹線裡，詩史喝著罐裝啤酒。拉環是透幫她拉開的。只是一件這種小事，透就覺得很高興，感到很特別。賣東西的推車經過時，詩史很好奇地盯著看，透買了一個冷凍橘子給她。詩史吃得很高興。

平常總在詩史的地盤裡，透常常覺得自己無事可做，而今在雜沓的人群裡，詩史顯得格外亢奮、歡喜，讓透覺得自己應該保護她什麼的。

透就這樣一路輕飄飄的，抵達了輕井澤。

「好熱哦！」

出了剪票口，詩史首先這麼說。舉起手臂擋著豔陽，眺望了一下站前景致後，問透：

「你想做什麼？」

畢竟現在還屬於早上的範疇。

「什麼都好。」

透回答。他說什麼都好，並不是做什麼都無所謂，而是什麼都想做。詩史似乎明白他的意思，因爲她笑咪咪地說：

「太棒了。那我們先去別墅吧，然後再出來逛逛。」

語畢，詩史在豔陽下起步走去。

「幹事？」

耕二對著電話筒，不爽地說。當同學會的幹事，是一件很煩的事。

「上了大四之後，大夥兒都要去旅行，出社會工作之後就很難見得到面，我們班畢業之後，從來沒有聚會過。」

現在是大學女生，原本是高中同班的女同學這麼說。

「這種事情總要有人出面坐鎮統籌，否則動不了不是嗎？耕二，你很有聲望嘛，講話夠份量。」

女生方面我會整合的。說這話的女生，大概也認爲自己很有聲望，講話夠份量吧。

「內田老師也說，如果是暑假期間辦的話，他也會來哦。他說想看看大家。」

明天要跟爸爸的朋友吃飯，大三暑假是找工作的暑假。喜美子成天黏著他，打工又脫不了身，爲什麼現在還要弄個同學會呢？

「好吧。」不過耕二還是這麼回答。「我知道一家店不錯，就是我打工的地方。」

他就是這種個性，自己也清楚得很。換句話說，就是行動力太強。

「太好了。」高中同班的女同學鬆了一口氣地說。

接著又抬出幾個在短時間能讓人想起、最可愛的女孩名字。

「比如說飯田啊，或是眞奈美。」

那個女孩列出一串名字，但耕二一張面孔都想不起來。

12

所有的家具都覆蓋著床單。透和詩史兩人，將床單一張張抽開，漾出一股塵埃和古老家具所產生的霉味，但聞起來卻有一種沈鬱的感覺。一樓只有一個小小的窗戶，所以屋內顯得有點昏暗。

「這是幾年前買的？」

透這麼一問，詩史歪著頭說不知道。環顧了一下屋內，一副這種事怎麼可能知道，卻又好像要說什麼的表情。

「這些家具原本是淺野的母親的。」

「哦。」

「拿吸塵器來清一清吧。」詩史爽快俐落地說。

這棟房子很大，二樓有三間寢室，還有兩間小型浴室，除此之外，到處都是收納東西的櫥櫃。

「這棟別墅裡，我最喜歡的是浴室。」

詩史說的那間浴室，的確裝置得十分雅緻。

「很古典對不對？」

彷彿像古代藝術品的浴巾是乳白色的，到處繪製了很多小雞的圖樣。同樣乳白色的浴缸，顯得細長而光滑，是四隻貓腳型的。

「這裡好明亮哦。」透看著窗戶說。

三間寢室之中，實際有在使用的只有一間，所以只打掃這裡。裡面有一張床、一把椅子，也只有一個矮櫥櫃，是個嬌小可愛的房間。

「這台收音機還可以用嗎？」詩史問。

透扭開那台擺在矮櫃上、不合時宜的晶體管收音機的開關，收音機傳出不合時宜的低級相聲。

感覺到詩史走向他，下一個瞬間，已經碰到嘴唇。透就這樣以直立的姿勢，接受那柔軟的嘴唇。輕輕的，靜靜的，但卻充滿感情的一吻。相聲家繼續喋喋不休地說著。

來這裡的路上，在計程車裡，詩史稍微介紹了一下附近的景致。「這一帶很熱鬧哦，都是一些賣蜂蜜或是薰衣草餅乾的店」，或是「前面有一家美術館哦，裡面還有葡萄酒的釀造所呢」，或是「這一帶到了冬天，眞的好冷清哦，草地全都枯死了」之類的。別墅在距離車站有一段路程的地方。

整理一下房間，轉眼間已稍過中午了。

「好安靜哦。」透抬起頭從寢室的窗戶看出去，目不轉睛地看著說：「除了遠處的蟬聲之外，聽不見任何聲音。」

明天傍晚，詩史要和淺野在這裡碰頭。透回頭看著詩史，意思是，還有一整天可以在一起。

「這個地方很偏僻。」詩史說：「到了晚上靜得讓人覺得很恐怖哦。」

正午豔陽下的詩史，看起來年紀比平常大了一點。

嬌小的臉蛋，白皙的肌膚，細柔的髮絲。

「等一下去樹林裡散步吧。」

「你有帶書來嗎？」

被詩史這麼一問，透搖搖頭。書？爲什麼我要帶這種東西來？詩史明明就在身邊。

詩史一副若有所思的樣子，用非常正經的口吻說：

「那，我借你好了。」接著又說：「在這裡一起看書感覺很棒喲！希望今晚月亮會出來。」

透心想，一定會出來吧，詩史既然這麼希望，就算出來兩個月亮也不足爲奇。

「那試過床之後，我們就出門吧。」

詩史說這話的時候，跟她在說「我們來打掃一下吧」，語氣是一樣的。

甜美的一天。所謂甜美的一天，指的大概就是這樣吧。透像個身心都得到滿足的小孩般，嘆了一口氣地想著。

這是一家小小的、有點昏暗的店。啤酒很冰，小黃瓜拌海蜇皮的甜度適中。風從敞開的大門吹入，整間店位於太陽照不到的地方，所以沒有冷氣也很涼快。

「試了床」之後，透和詩史一起在乳白色的浴室裡淋浴。透覺得，詩史全身散發出梨子的香氣。站在浴缸裡的詩史體態圓潤。在豔陽下，看起來皮膚表面好像起了小小的雞皮疙瘩。奔流而下的溫熱的水。沒有浮現想去抱她，或者吻她的念頭。

透，只是眺望著。

在畫有小雞的浴室裡，詩史的身材顯得頗爲修長。她經常發笑，從髮尾垂下的水滴，把透也淋濕了。

「肚子眞的餓扁了。」詩史一邊用沾滿泡泡的香皀洗腳，一邊幸福地說：「而且，喉嚨也好渴哦。」

透點點頭。已經快要兩點半了。

這家中華料理店只有一個中國老闆在做，詩史說「不論多晚這家店都有開」，所以經常來這裡。除了透和詩史，店裡沒有半個客人。櫃台後面陳列著許多酒瓶，到了夜晚改成酒吧來經營。

「雖然我沒有去過東南亞，不過這家店有東南亞的風味。」咬了一口小捲的春捲，發出輕微的咔嚓聲。「日本、中國還有東南亞，都屬於亞洲，有它相似的部分。」

詩史這麼說。不過這和透想說的好像不太一樣，可是就結果來看也覺得詩史說的沒錯，於是透曖昧地點點頭，覺得心情好極了。

「喂，你也說說話嘛。」

被她這麼一催，透談起去睽違多時的高中周邊散步的事。說了由利的事和耕二的事，街角的麵包店，坡道上的巴士站。

詩史完全沒有插嘴，靜靜地聽著。這是一種詭譎的感覺，彷彿時間和地點都已經分不清。店裡的空氣，以一種和外頭截然不同的密度流動著。什麼東京啊、高中、由利、耕二啊，彷彿都成了遙遠故事裡的東西。整個世界，只有自己和詩史兩人存在。透這麼想著，感受到一種近乎昏眩的幸福感。

「下次去妳念的高中看看吧，大學也可以。」

透一時興起這麼提議，詩史聽了睜大眼睛，微微一笑歪著頭說：

「太遠了。」

透知道不是距離的問題，所以無法反駁。

「高中生的我，大學生的我，一直都在透你的眼前啊。」詩史這麼說。

走出店外，沿著國道——另一邊整片都是樹林——散步。雖然暑熱稍微緩和了幾分，天空依然湛藍。透在路邊的小型便利商店買了牙刷和牙膏，也買了內衣褲。

哪裡都能去。

透覺得自由自在。好像回去東京的日子，永遠不會來。

「好舒服哦！」小小吸了一口氣，詩史說：「山裡的空氣眞棒。」

現在才八月而已，到處都可以看到乾黃的芒草隨風搖曳。走在一起的時候會手牽著手，已經變成一種習慣。

「我很高興你來了。」詩史說：「能夠和你在這裡走著，眞的很高興。」

這句話，不曉得爲什麼讓透覺得很難過。因爲這個人和自己，一直，生活在不同的地方。

當一輛腳踏車從反方向的道路騎過時，詩史突然問：

「腳踏車呢？」

覺得自己問得不清不楚，又重新問了一遍，很開心地問：

「我們來騎腳踏車好不好？」

瞧她興致勃勃的開心樣，透當然點頭答應。

「我想做以前從來沒有做過的事。」詩史自言自語般地說。

買了吃的東西，再度回到別墅後，接著又出門前往租車店。租了一輛雙人騎的腳踏車，沿著林邊騎著。詩史說要慢慢地騎，於是透騎得很慢。

天色進入黃昏。道路筆直，單調的風景持續著，透愛上了輕井澤。他覺得可以騎到天涯海角。

「好細緻哦。」背後的詩史說：「你的背眞的好細緻哦！」

詩史就坐在背後，聽得見她的聲音，也感受得到她的氣息隨著腳踏板的韻律一樣顯得有些紊亂，可是卻不能看也不能摸，感覺有點嘔。

儘管如此，透清楚知道詩史的一舉一動。例如，啊——現在她的頭髮飛起來了，或者，她的身體歪到一邊去了。

「好清爽的風！」

當詩史心曠神怡地這麼說時，透甚至知道她把眼睛閉了起來。

充實而悠長的一天。

過了七點，天色終於暗了。在別墅客廳吃的晚餐，的確很像討厭做菜的詩史的風格，起司和火腿、現成的德國烤馬鈴薯和醋漬青魚等等菜餚，都是從塑膠盒裡直接拿出來的。只有葡萄酒特別豐富。擺在「好幾年沒動過」的豪華音響組合上面，一台小小的CD播放機傳出蘿貝塔．弗萊克（Roberta Flack）優美的歌聲。

這是很奇妙的事。就這棟別墅而言，自己是個陌生人，但詩史不是。儘管如此，透覺得他和詩史兩人都被放逐到世界的邊緣。

「你不喝啊？」詩史拿起透的酒杯問他：「覺得不自在嗎？」

「我沒有覺得不自在啊。」透回答，顯得有點不知如何是好，「因爲這是我們第一次在一起這麼久。」好像在解釋般地補上這一句。

詩史微笑，環顧了一下屋內。

「意思是，你覺得有點愧疚不安？」

很不巧的，就在這個時候，蘿貝塔・弗萊克的ＣＤ播完了，屋內頓時一片沈寂。

「那妳呢？」

透這麼一反問，詩史沈默了半晌，陷入沈思，之後回答：

「我覺得沒什麼好在意的。」

這就是結論。透由衷佩服。詩史總是筆直地思考事情，然後導出結論。

「我眞的很想你。」

詩史說這話時，不是看著透的臉，而是看著他的胸膛。

「我，或者說，我身體裡的另外一個女人，眞的想你想得要命。」

她站起來播放ＣＤ。

「另一個女人？」

隨著清亮的電子鋼琴聲之後，傳來Three Dog Night的歌聲。

「對，是個頑固而野性的女人。」

野性的，這個詞兒和詩史極爲不搭，透不禁輕輕笑了笑。雖然笑著，但是他懂。他懂詩史在說什麼。

接吻和做愛，都很安靜而自然。沒有什麼特別激烈的，也沒有做那麼久。

做完愛之後，在床上看書。詩史借給他的書是一本詩集《PEACOCK PIE》。雖然是一本英文原文書，但透的英文能力足夠讀這本書。詩史說這本詩集裡，她很喜歡「THE SHIP OF RIO」這首詩。窗外當然有一輪明月。即使葡萄酒滴到床單，詩史也不在意。

「我眞的好喜歡裸著身體。」她還這麼說。

幸福到飄飄欲仙。

陷入睡眠前，透由衷地這麼認爲。

車子碾過細碎石子的聲音，使得透醒來了。接著不到半秒，詩史突然起身，心想：不會吧？但事實上，那的確是淺野的車子。

只有上半身起身的姿勢，詩史單手遮著臉說：

「眞討厭！」

詩史並不驚慌失措，透的心臟卻已經快從腦袋跳出來了。

「拿著衣服和鞋子到浴室去。」詩史說，「記得把門打開哦，不會有事的。」

「不可能啦！」

透說，也爲自己驚慌失措的樣子感到很沒種。

「來不及了啦。況且樓下根本沒有收拾，兩人份吃剩的食物還在那裡，這裡也……」

「反正去就對了！」

透察覺到自己在發抖。照詩史說的躲到浴室裡去，防備她老公的來襲。想要平安脫困是不可能的。

上樓梯的腳步聲越來越沉重。

從這裡看不到房間裡的狀況，但是門一打開，看到的可能是詩史剛從床上起身的樣子吧。凌亂的床單，還有兩本書和兩個紅酒杯。

「你來得好早哦。」

最先開口的是詩史。

「因爲我取消了一個約定，想趁路上還沒塞車的時候出門，所以五點就出發了。」

淺野的語調，與其說是憤怒，不如說帶著疲憊感。

「有客人來？」

「是啊，因爲我很無聊。」

詩史的語調聽不出帶有任何感情。

聽到腳步聲，知道淺野往窗邊走去。

「已經走了嗎？」

「還沒。」

詩史的語調坦然沈著。

「他現在出去幫我買咖啡，因爲咖啡沒了。」

那我打電話給他，告訴他你來了怎麼樣？詩史說。透不曉得淺野會不會相信這個。只是，過了半晌，聽到淺野說：

「就這麼辦吧。」接著說，「我下去拿行李。」

透完全不明白究竟怎麼回事。預料中的地獄戰場也沒有出現。關於這位「客人」，淺野什麼都沒問。詩史和淺野都很冷靜，驚慌害怕的好像只有自己。裸著身體，抱著衣服。

有一種被排擠、疏離的感覺。透，盯著瓷磚上的小雞圖樣。

「可以出來了。」

聽見詩史的聲音。出來之後，詩史已經穿衣打扮完畢。

「穿上衣服，暫時待在這裡。等我們出門之後，你再叫計程車回去，號碼貼在電話的旁邊。」

透回答，他明白。昨夜，那飄飄欲仙的幸福感消失得無影無蹤。外頭傳來踩在小碎石子上的腳步聲。

「回家後我會打電話給你。」

語畢，詩史臨出房門又回頭一望，露出一個與現狀不合的笑容。

「我很開心喲！」

就這樣，留下茫然佇立在那裡的透，往丈夫在等的車子前去。

事情發生得太過倉卒、短暫。睜開眼睛，束手無策地，世界已經變了。

穿好衣服之後，透膽戰心驚地偷窺著窗外。看到了賓士的後車廂打開，兩人正在搬運行李，有一只很大的旅行用手提包，還有兩個高爾夫球具袋。

13

這個夏天眞慘啊，耕二後來回顧的這個暑假，其實才剛開始而已。至少，和由利的關係進展得不順利。加上打工，還有接下同學會的幹事一職，事情多如麻，一件接著一件來。但是另一方面，關於就業的準備倒是一路發似的，總之，萬事順利、好運連連。

連續三個晚上都有飯局。

父親雖然是個醫生，但是個頗具政治色彩的醫生，在一家以「和連見個面都很難的名醫彷如十年來的知己般輕鬆閒聊『健康』」爲宣傳標語的醫療中心——會員都是財經界人士、名人、富豪——耕二的父親屬於重量級人士，對於耕二就業的第一步極爲有利。

他認爲如果要找工作，當然要選大企業比較好。除了考試成績之外，能夠左右就業成功的因素是什麼，他當然了然於胸。

「你這個兒子很有前途哦！」

老頭們異口同聲地說。或是「他有時下年輕人少見的積極進取精神」，或者「未來很看好哦」之類的。在那種場合——鰻魚料理店的宴會廳，或是會員制的餐廳——說的當然都是場面話，不能信以為眞，但是耕二從小就很有自信，他知道他很有老頭子緣。

其中外資企業的董事反應特別好。走的時候手還被拉出來，握手握得特別用力。

「很好，眞的很好！」

一手握著，一手伸出來拍拍他的肩膀。

「下次別找你爸爸，我們自己出來喝！」

外資企業，請假比較容易也是一種魅力。適合只求不被開除就好的人，薪水也比較多。

但也有個讓人覺得有點討厭的商社老頭，意有所指地說：

「哎，有野心也不是一件壞事。」接著又說：

「哎，你就好好加油吧！」

由於暫時住在老家，生活步調呈現停滯狀態。耕二沒有見由利，也沒有見喜美子。明天就要回去自己的公寓了。

透從輕井澤回來一進家門，母親在家，穿著睡衣，正在沖咖啡。這是個大晴天。

「我回來了。」

一露臉，母親目光銳利地盯著他瞧。

「你回來得滿早的嘛。」

現在才下午一點多。透覺得她很煩，不過當然沒有頂嘴，隨即進入自己的房間。

在回程的新幹線上，有一種嚴重疏離、不協調的感覺，覺得自己好像是個虛構、不存在的人，周遭的人根本看不到他。無論是陽光、月台、還是雜沓的人群，對現實的一切感到格格不入。透孤零零一個人，什麼也不相信。沒時間理解狀況，也沒時間掌握狀況。就在這樣無法理解、掌握的狀況下，呆呆楞楞地踏上歸途。

關於這位「客人」，淺野什麼都沒問。紅酒杯、床單、裸身的妻子，還有到處殘留的痕跡，對他而言彷彿不存在似的。

詩史沒有遮遮掩掩的。就連把透藏起來的事，也一副很坦然的樣子。從窗戶偷看他們的時候，他們看起來就像一對普通的夫妻。感情很好，假日來別墅度假的夫妻。

「行李？需要什麼行李？」

詩史昨天這麼說。透那時覺得他們兩人好自由。不過當然，詩史的行李是由她老公帶來的。

「我最討厭打高爾夫球的男人！」

詩史還這麼說。但賓士的後車廂放了兩組高爾夫球袋。更令人無法想像的是，詩史和淺野，現在成雙成對地在打高爾夫球。

聽到敲門聲，門隨即被打開了。

「昨天晚上，耕二打電話來找你喲！」母親拿著咖啡杯說：「他叫你回電話給他。」

透回答，知道了。已經回答了，但母親似乎還不想走的樣子。

「還有什麼事嗎？」他問。

「我是不想多管閒事啦……」

母親的聲音——尤其是喝了酒的第二天——顯得特別低沈、沙啞。

「不過你最好適可而止。」

「妳指的是什麼事？」

這是很少見的，透竟然發火了。他覺得很煩，但母親沒有回答。

「我在問妳啊！妳指的是什麼事？」

透一發火，聲音會變得有點孩子氣。這也是他不喜歡生氣的原因之一。

「你應該知道才對啊。」母親說。

「就是不知道才問妳啊！」

母親可能察覺到什麼，但他不想去猜。不管怎樣，她都是多管閒事。他希望她不要多事。

母親嘆了一口氣。

「你在生什麼氣啊！像個小孩子似的。」

這次透沒有回話。

「午飯吃了沒？」

透回答：不想吃。

眞是倒楣透了。在輕井澤發生的事，一點現實感都沒有，彷彿不是眞的，已經徹底地遠去。

很久沒有見到由利，她今天穿了一件燈籠袖的上衣。

「很可愛吧？」

誇她可愛，她露出開心的模樣。下午兩點鐘，等由利喝完冰紅茶，回到公寓，距離出門打工還有一個半小時。太完美了，耕二心想。每個人很公平的，一天都擁有二十四個小時，應該要有效率地使用才對。

含著吸管的由利，有著潔淨白皙的臉頰，耕二很喜歡。喜美子的臉頰顯得有點削瘦，由利的臉頰則圓圓鼓鼓的。這在耕二的眼裡，象徵著一種尊貴，不可以讓它遭到不幸。

「不要去那個哎老頭的公司上班！」

耕二談起第三晚飯局的事，由利這麼說。

「這樣太埋沒你了，一定要去懂得你的才華的公司上班才可以。」

由利很會給人家取綽號。那個在鰻魚料理店見到的商社總經理說起話來，開頭一定會先來個「哎」，所以由利立刻幫他取了個綽號叫「哎老頭」。

「不過，那個說『真的很好』，還拍拍你肩膀的傢伙也不要去，感覺好假哦！」

用吸管攪動著冰紅茶，裡頭的冰塊喀啦喀啦作響。由利說的話一向無害，但也沒什麼用。耕二這麼想著，點燃一根菸。

夏天結束之前，非得和喜美子分手不可。這是耕二在老家住了幾天，做出來的結論。要趁喜美子的冷靜喪失得更嚴重之前，要趁自己被玩弄得更嚴重之前，跟她分手。

「今天天氣眞好啊。」

眼前的由利微笑著，冰紅茶幾乎喝完了。耕二心想，終於可以脫掉她那燈籠袖的上衣。

去耕二家的路上，由利談到她跟朋友們去聽演唱會的事。那些朋友對容貌很挑剔，去聽演唱會挑的不是音樂性，而是樂團或歌手的容貌、姿色。然而，憑容貌所選的 Indies Band 的成員們，看在由利眼裡「一點都不帥」，「個個都像單純平板的公子哥兒」。長得怎麼樣，耕二根本無所謂。雖然根本無所謂，由利說「耕二你比他們帥多了」。

說著，緊緊摟住耕二的手臂，還用鼻子在他肩膀上磨蹭，耕二不得不覺得這樣的由利可愛極了。

和喜美子再度見面的情況，跟由利的這種情況截然不同。

由於喜美子的要求，耕二又帶她來到自己的住處。同樣是自己的住處，只要喜美子一在，看起來好像是一間蠻橫的、不衛生的賓館。耕二意識到，對一個喜歡（應該是）的女人會有這種想法，這份感情大概已經不行了。

一開始喜美子的心情就很惡劣，好像在檢查什麼似的，毫不客氣地盯著整個房間瞧。

「眞是年輕小夥子的房間啊。」她說出這種話。「打掃、洗衣都是你自己來嗎？」

耕二回答當然自己來。這是眞的，但是他看得出喜美子並不相信。

「想喝什麼嗎？」

耕二問。喜美子說，紅茶。他拿起水壺裝水、燒水，然後手伸向一盒紅茶包。這盒紅茶包是由利買回來的，由利還曾經說過這是「由利用」的。

「我最近也挺忙的。」喜美子說，「有很多課要上，家裡的事又不想打馬虎眼、隨便做一做，還有我婆婆那邊也要應付一下，很多事眞的挺忙的。」

「所以呢？」

耕二把紅茶杯擺好，從冰箱拿出牛奶。

「所以啊……」

喜美子的語氣夾雜著歇斯底里的笑。

「所以，我想要結束了。」

青天霹靂。耕二一回頭，看見喜美子在微笑。

「結束？」

耕二反問，問得好像白癡似的。

「我的意思是，你也有你的生活，好像有很多事要忙的樣子，既然彼此都很忙，又何必勉強交往下去呢？」

耕二心想，糟糕！喜美子已經在發飆了。不曉得究竟爲了什麼會變成這樣，不過這很明顯是在發飆了。

「我祈禱你未來的日子都能一直這樣活下去。你應該辦得到才對，因爲你是個冷血動物。沒錯，你一定辦得到。」

喜美子情緒激動，滔滔不絕地說著。

「我打過電話給你，而且打了好幾次！你不在家是無所謂啦，不過到了半夜也不在，甚至到了清晨還是不在，萬一出了什麼事故……」

喜美子一時語塞。不過她沒有哭，只是靜默不語。

「對不起。」耕二道歉，「妳可以在答錄機留言給我啊，這樣我就會立刻跑去找妳了……」

「我又不是白癡！」

喜美子面若女鬼，打斷他的話。

「留言？誰都會避免留言吧？萬一被你女朋友或是你媽聽到，就算不是她們，也有可能被別人聽到呀！」

這次換耕二打斷她的話，不能再讓她說下去了。唇一貼上去，喜美子就死命抵抗，用令人難以置信的力氣掙脫耕二的手。抽出身子後，狠狠地瞪著耕二說：

「我又不是白癡！」

又說了一遍。兩人轉變成互相凝視的狀況，過了片刻，喜美子摟著耕二的脖子。

「人家很擔心耶。」

語氣一點都不甜美，甚至還帶著氣憤的聲息。但是，由於她是在耳際喃喃囁嚅著，耕二用左手緊緊抱著她，右手繞到她的背後去關瓦斯。水壺從剛才就已經冒出白熱的蒸氣了。照著這種姿勢，移動到床上去。耕二不斷地道歉，道歉到自己都沒有意識到自己在道歉。一邊說對不起，一邊親吻，相互交替反覆著。倒在床上之後，喜美子壓在耕二的身上，單手撐著削瘦的臉頰。

分手是決定了。雖然決定了，但不是今天要做的事。

耕二的電話又變成外出答錄狀況。一定是爲了打工或約會在忙吧。透躺坐在沙發上，眺望著窗外。傍晚時分。《PEACOCK PIE》，昨天在外文書店找到了，快速地翻閱，翻到「THE SHIP OF RIO」這一頁。

詩史，還在輕井澤。

出了那種事之後，她和淺野究竟要如何相處呢？

他們夫妻之間彷彿有一種默契似的。當時，透很明顯地被漠視、疏離在夫妻倆的浴室裡，跟不在是一樣的，完全是不足爲取的存在。

「我很開心喲！」

詩史最後這麼說。說完之後，就到淺野身邊去了。這是透無法理解的事。

看著天花板，閉上眼睛，試圖回想淺野到來之前的輕井澤時光。不是想憶起每一件發生的事情，而是想找回那時的心情。

這樣的努力是白費的。他非常清楚，即使把自己像個袋子一樣，從裡面整個翻出來，當時的心情也絲毫都找不回了。

和詩史一起看的書，和詩史一起聽的音樂，都無法使他的心情平靜下來。他焦慮煩躁地站起來，走到廚房去，什麼都沒碰，又回到沙發上。這個屋子的冷氣強到令人發冷。他很羨慕不在自己公寓裡的耕二。耕二有地方可以去，有事情可以做。

過了六點，外面終於開始暗了起來。東京鐵塔，靜靜地矗立著。

電話響的第二聲，透本人接起電話。

「透？」
白襯衫黑長褲，穿著一如往常的制服，耕二從辦公室打來的。
「太好了，找到你了。」
從電話裡，他聽得出透在苦笑。
「讓人找不到的是你吧！」透接著又說：「我打了多少次了，你都不在家。」
「抱歉，我回家去了。是這樣的，我們決定要辦同學會，我現在在打工的地方不能慢慢講，只講重點。下星期五，六點開始。你可以來吧？地圖我會郵寄給你。內田也會來哦！嗯，我是幹事。我哪知道啊！她突然打電話來，叫我當幹事。我再打電話給你哦。啊，前些時候由利拜託你做了無聊的事，嗯，她好像很高興的樣子。那……我要掛囉，啊？嗯，很好、很好，你呢？反正託你代我向詩史問好，你也一定不會替我把話帶到吧？總之，時間是下星期五，到時候見。嗯，那我掛了哦！」
耕二將話筒放回去。因爲有個學生團體進來，大廳的喧嘩、吵鬧聲，連辦公室都聽得到。耕二照照鏡子，梳整頭髮。
「人家很擔心耶。」

白天，盡情奔放的纏綿悱惻之後，喜美子又說了一遍。

「只要一想到你可能出了什麼事，我就全身發抖。」

喜美子看起來比平常嬌小，顯得楚楚可憐。她將頭依偎在耕二的肩上，身體緊緊地挨著他。

「你不會懂的，你不懂欲望。年輕人一定不會懂的。」

「欲望？」

喜美子起身，撥開覆蓋在臉上的頭髮，看似心情不錯地抬起下巴。

「妳也很年輕啊，妳才三十五歲。」

喜美子嫣然輕笑。張開原本是閉著的眼睛，凝視著耕二說：

「三十五歲女人的欲望，你是絕對不會懂的。」

那口氣帶著一種訕笑的意味，儘管如此，這一瞬間還是讓耕二感到畏懼。

「要說欲望，我是不會輸給妳的！」

耕二首先丟下這句話，又把喜美子壓在下面，然而他心裡清楚地意識到，畏懼的心情怎麼也消弭不了。或許喜美子眞的不是他能應付得了的，這種驚悚、恐懼的感覺，從剛才就稍微感覺到了。

「早安！」

打工的夥伴進來出聲打招呼。

「早啊！」

辦公桌、會客用品、菸灰缸、垃圾桶、櫃子，緊臨著窗外，低級下流的霓虹燈。桌上還有不曉得誰吃剩的烤雞殘骸，室內的空氣混濁凝重。

耕二把腦袋切換成打工用的腦袋，走進雜沓的大廳。

14

稚氣，這是透出席同學會，面對眼前招架不了的氣壓，最誠實的感受。在耕二打工的地方——一樓是電玩中心，二樓是撞球場，三樓是PUB，四樓是保齡球場——集合，這群曾是高中生的人，有很熟的，也有不熟的，大家都還有點稚氣，都滿二十歲了，在老同學重逢的興奮之情加溫下，無論男女，大家盡情笑鬧，人聲鼎沸，喧鬧嘈雜。

外面下著雨。黏了一層噁心脂肪的披薩，女孩子們喝著顏色低俗的雞尾酒，照明昏暗的店內，狂飆著震耳欲聾的音樂。

終於，用眼睛在人群中搜尋到耕二的蹤影。看到耕二，鬆了一口氣。

這些以前的高中同學們，現在幾乎都是大學生了，在透的眼裡，覺得他們高中的時候比較聰慧。聰慧，而且比較成熟。

你過得怎麼樣？學校好不好玩？有沒有女朋友？就業打算怎麼辦？同樣的問題，每次都用認真的表情——然而，其實是敷衍了事——回答，透已經在一個座位上坐了兩個小時。

他想見詩史。

滿腦子想的都是詩史。

詩史看到這一幕會怎麼說呢？然後開始想像，就有一點精神了。詩史可能會雙手叉腰、眉毛輕揚地說：「料理看起來好難吃哦。」可是之後會突然睜大杏眼，微笑地說：「大家都好年輕哦！」說不定還會自己隨便坐下來。必要的話，她可能會跟大家打成一片，興致勃勃地聽每一個人講話。

透的心情很差，弓著背坐著。不過他沒有離席。耕二見狀，心想，他依然還是欠缺社交性的小孩啊。基本上這塊場地是有桌子的，用屏風隔開租下這個店的一半左右，在這種場合裡起來走動走動，有時站著吃東西，到處和人碰面打招呼閒聊是一種常識吧。

耕二是幹事兼任司儀，今天穿了一件粉紅色的POLO衫，以在學校從未有過的帥勁出現，還得招呼高中導師。由於地點是在自己打工的地方，也得顧慮到店裡的工作人員，基於這種特殊的身分、立場，對於透那種一副跟這些麻煩事無關的樣子，一個人呆呆楞楞、出神地坐在那裡，耕二不曉得是要生氣呢？還是羨慕？或是覺得這傢伙眞有意思？總之，透那個樣子實在太明顯了。

而且！

耕二一直覺得有道視線在盯著他，結果是吉田，雖然覺得有點尷尬，不過這位女性朋友——厚子的女兒——還是自己主動過去跟她說說話，讓她輕鬆自在一點吧。

不過實在是太吵了。儘管三年沒見，也沒有必要high到這種地步吧，耕二在心裡嘀咕，實在服了他們。雖然身爲幹事，對於這種熱絡喧騰的場面應該感到高興才對。

有人拍了一下他的肩膀，回頭一看，吉田站在那裡。她化粧化得很濃，穿著迷你裙，在許多變身到幾乎認不出來的女生裡，耕二覺得吉田一點都沒變。黑黑的娃娃頭。

「你好嗎？」

她以平穩的聲調問。耕二原本想爽朗地回答「很好、很好」，可是連自己都覺得驚訝，竟然沈默不語。

「你搬出來一個人住啊？」吉田看著剛才發的新通訊錄說，「啊，或許你不是一個人住？」

耕二先回答了一句，「一個人啦！」接著想反問：「妳呢？」可是卻問不出口。「改天一起出來喝酒吧」，或是「妳越來越有女人味了喲」，這些在別的女生面前想都不用想就能輕易出口的話，現在半句都說不出來。

我爸爸好可憐哦。

被吉田這樣怪罪、指責，是在校園的一角，食堂的窗前。

耕二眞的認爲，他很對不起吉田。

「這家店不錯耶。聽說你在這裡打工？」

耕二回答：嗯。當時吉田臉上帶著微笑，但眼神卻是不原諒耕二。耕二很清楚，她用全身在抗議，不論耕二怎麼打哈哈，或是解釋、說明，她都不會原諒他。當然也不會接受他的謝罪。

「到九點爲止對吧？」吉田環顧著四周說，「幹事差不多該去做個收尾了吧。」

看著吉田的娃娃頭，目送她離去，耕二打從心底鬆了一口氣。心想，厚子現在過得怎麼樣呢？

第二攤的會場在卡拉ＯＫ店，透沒有來。耕二唱了兩首歌。

之後六個人又轉移陣地去居酒屋，六個疲憊的人——都是一些不想回家的人——似乎可以理解，稍微喝了一點酒。吉田也在裡面，酒量簡直出乎意料的好，面不改色地坐著那裡。

「其實，我以前有點仰慕耕二……」吉田說。

此話一出，炒熱了全場氣氛。

這擺明了是在給耕二難堪。

耕二這麼想，但卻束手無策。

雨持續下著，透從公共電話亭打電話給詩史。詩史已經很久沒跟他聯絡了。只是想打個電話就心驚膽跳的，這是怎麼回事呢？透躊躇、猶豫著，為自己的窩囊嘆氣。附著在電話亭玻璃上的水滴，不曉得為什麼總是特別的細小。害怕的不是她不在家，而是如何應對。他不想聽到詩史震驚或是為難的聲音。但如果她的反應是故意裝得有點生疏，或是顯得慌張失措，這也讓他受不了。聽到電話鈴聲響起的瞬間，他滿心祈禱詩史不在家。不在的話，頂多只是有點失望。

聽到一聲很安靜的——喂。

「是詩史嗎？」

半晌無語。這一瞬間，他知道詩史緩慢地閉上雙眼。

「你好啊。」

這句「你好啊」的語調，很明顯是只有對透說的時候才有的語調。

詩史說這話時的語氣，聽起來是眞的打從心底高興。光只是這樣，就使得透全面滿足了。輕井澤的事，之後放下他一個人的事，轉眼間就消失無蹤了。

「我好高興哦！」

詩史說她一個人在家裡喝酒。聽得到背後有小小的音樂聲。詩史說，那是巴哈啦！

「妳一個人嗎？」

像個白癡似地又問了一次，因爲他想起以前詩史曾經說過，她和她老公有每晚喝點小酒的習慣——正確地說，他片刻都未曾忘記——但詩史只是很爽快地回答：

「對啊！」

「能見個面嗎？」透豁出去地問，過了半晌才響起：「好啊。」得到這樣的回答，而且是帶著微笑的語氣。三十分鐘後在「芙拉妮」見。就這樣約好了，掛了電話。

雨勢和剛才迥然不同，猛烈敲打著透的雨傘。這是一場能讓夏夜清涼、開朗爽快的雨勢。

打開「芙拉妮」沈重的大門，店內人聲混雜。因爲是星期五的夜晚。對透而言，這裡的男男女女——年紀幾乎都比透大，各自聊著天，喝著他們的酒——在這個地下室的酒吧，好像共同擁有了什麼，彷彿是很熟悉的朋友。這裡永遠不變。鋼琴、吧台、花瓶裡插的巨大花朵。

當啤酒送來的時候，詩史也來了。無論店裡多麼擁擠、混雜，透馬上可以察覺到詩史的氣息，甚至不用回頭看，也知道得很清楚。

「眞是傾盆大雨啊。」

詩史站在透的身後，一隻手放在他的肩上，頭湊過去這麼說。

在身旁坐下的詩史，絲毫沒有淋到雨。白襯衫和嗶嘰長褲，宛如剛從烘衣機裡拿出來似的，顯得乾爽宜人。她可能是在自家門前搭上計程車，到酒店門口下車吧。

「你過得怎麼樣？還好吧？」

詩史用明朗的聲調問，叫了一杯伏特加，轉動高腳長凳看著透。她手上戴著一個很大的鑽戒。

透無法回答，因爲他無法對詩史撒謊。

看著和平常沒什麼兩樣的詩史，突然湧起一股恨意。

回家後我會打電話給你。

那時候，在輕井澤，詩史不是這麼說的嗎？

「你在生氣啊？」

詩史問，不過這看起來不像在詢問，不等透的回答，她又補上一句：

「不要生氣嘛！我們玩得很開心不是嗎？」

的確很開心，幸福到宛若置身夢境。透回想起那段時光，卻也爲幸福和不幸難以區隔感到困惑不已。

「可是……」

他終於開口說話。接下來的那句話，連自己也被自己嚇到，話一出口，知道那才是自己眞正的感受：

「可是，我被拋棄了。」

詩史睜大雙眼，接著連嘴巴也微微張開，震驚到說不出話的樣子。過了片刻，終於既認眞又嚴肅地說：

「誰都沒有辦法拋棄誰。」接著又說：「大家都是單獨的個體。有兩個不同的人在，到了中途另一個人來了，於是那個地方變成有三個人。只是這樣而已。」

透不明白這話的含意，只知道自己在那個時候被拋棄了。連著好幾天搞不清所以然的孤獨感，現在眞相大白了。此刻，透顯得出奇的冷靜沈著。

「今後可能還會被拋棄很多次哦！」

詩史把一根原本想叼在嘴上的菸拿了下來，放在吧台上，瞪著透瞧。

「妳想吵架是不是？」透微笑地說。

「才不是呢！我只是單純陳述事實而已。」

鋼琴聲流動著，四周依然嘈雜喧騰。

「可是，」透回瞪詩史，平靜地說出心裡的話，「可是，我很想妳。」

兩人互相凝視。詩史霎時浮現出空白的表情，之後轉成非常受傷的神情。

「不要這樣。」

她小聲地說，把想叼起的菸，又放了回去。

「不要這樣。」

又重複了一次。

「不要讓我悲傷難過。」

頓時，透意識到自己做了很殘忍的事，驚慌不已。他並沒有想要責備詩史啊。

於是他道歉，說了一句：

「對不起。」

沈默持續著，啜了一口已經變溫的啤酒。

「你好粗魯哦。」

詩史說。用戴著鑽戒的手撥開頭髮，終於在香菸上點了火。

「我一直作夢夢到你喲！」

這是透萬萬料想不到的一句話。

「連在工作的時候，也會不經意地想到你。」

在輕井澤的時候也是，詩史繼續說：

「在你突然走了的那個相同的地方，所有的一切突然都變了的那個相同的地方，我在那之後還生活了好幾天耶。就在那樣讓你走了之後，一個人……」

雖然有不合理之處，但透很懊悔放下詩史離去。沒有帶她一起走，對她感到很愧疚。

「我好想你哦！」

詩史說。在眾目睽睽下肆無忌憚地接吻，激烈而悲傷地。

翌晨，耕二被母親打來的電話吵醒。雨停了，天空浮著積雨雲。

「你還在睡覺啊？」

很久沒喝酒了，昨晚大喝一場，回到公寓已經半夜兩點多，就這樣倒頭睡了。

「我現在起來了。」耕二聲音沙啞。

「眞是的，好髒的聲音！」

母親說，接下來好像要說什麼，調整心情般地沈默了半晌。

「怎麼?有什麼事嗎?」

耕二問,心裡覺得老媽煩死了,有事就快說嘛,拖拖拉拉的。

「是這樣的,」母親嘆了一口氣,欲言又止地問:「阿隆有沒有跟你聯絡?」

「隆志?」

耕二想起最後一次見到大哥是在婚禮上。

「沒有啊。」耕二回答。「出了什麼事嗎?」

母親遲疑了一下說:

「是這樣的,他被趕出來了!」

「被老婆趕出來?爲什麼?」

大哥結婚才兩個月。

「阿隆不肯說。」

耕二搔搔頭。

「我不知道出了什麼事,不過應該不用那麼擔心啦,夫妻吵架是常有的事,不是嗎?」

「是沒錯啦,可是早紀也沒必要把他趕出來啊!」

耕二看著天花板，覺得無聊透了。

「我不認為隆志會跟我聯絡，如果有的話，我會告訴妳的。」耕二先這麼說。「不過這種事，還是不要管他們比較好。」

掛了電話之後，感到有個東西在旁邊蠕動。是吉田！耕二全身起雞皮疙瘩，嚇到說不出話來。

不過還好，兩人身上都穿著衣服。

耕二的思考瞬間僵硬凍結，回過神來之後，首先想到的是這個。

15

透和詩史無處可去。

出了「芙拉妮」之後，稍微走了一下。雨依然持續下著。在共撐一把雨傘下，透的鼻尖飄著詩史淡淡的香水味。他不願像以前一樣，讓自己和一萬圓鈔票一起乖乖地被推進計程車裡。今夜好不容易搶回的詩史，不想把她還給她老公。

但是，透和詩史無處可去。詩史的住處有淺野在，透的住處有母親在，而且差不多都快回來了。步道、車道、十字路口，甚至紅綠燈和斑馬線，都散放出遲鈍的光芒。

「要去哪裡呢？」詩史問。

離開「芙拉妮」的時候，透跟詩史說「跟我來」，於是詩史就跟著他走了。但透沒有說要去哪裡，只是不想讓她回去，所以先這麼說。

透沒有去過所謂的賓館。雖然沒有去過，但大概知道是什麼樣的地方。過於粗糙、簡便的地方。透不想帶詩史去那種地方。因爲這個和那個是不同的。被世人鄙視、唾棄的不倫關係的男女和這個，實在太不相似了。

「跟我來。」

透又說了一遍，攔下一輛計程車。

詩史面帶不安，但也進了計程車。爲了讓雨傘保持傾向詩史那一邊，透左邊的身體淋得濕答答的。儘管他這麼努力了，詩史的衣服已經看不出宛如剛從烘衣機裡拿出來的乾爽。透將詩史從安全的地方硬拉出來，感到一種罪惡感，同時也感到一種粗暴的成就感。

「我爸的事務所就在附近，這個時間應該沒有人才對。」

透將住址告訴司機後，如此對詩史說明。詩史不發一語。計程車裡籠罩著雨的味道。

罪惡感和成就感，兩者都逐漸膨脹，在透的體內興風作浪。這是透第一次像這樣帶著詩史走。以往在餐廳或是酒吧，扮演帶人角色的總是詩史。透除了等待之外，束手無策。無論是參加派對，還是參觀誰的個展都是。

透用雙臂抱著詩史淋濕的肩膀，彷彿想讓她安心似的，輕輕吻上她潮濕的髮絲，好像備受不安和興奮折磨的不是自己，而是詩史似的。

雨刷的聲音刷刷作響。隔著濕滑的前車窗，可以看見半個東京鐵塔閃動著紅色的光芒。

透讓詩史在車子裡面等，自己前往父親的住處——離事務所走路約十五分鐘的距離——去向父親借鑰匙。這是他第一次來到父親的公寓。

「我想跟你借一下事務所。」

他站在玄關，只說了這句話。

父親穿著睡衣、一副輕鬆的模樣出來應門，露出驚訝的神色問：現在嗎？

「嗯，現在。」

玄關放著女用拖鞋，以及兒童運動鞋。鞋箱上面擺著十二生肖的人偶。

「做什麼用？你跟誰在一起嗎？」

走廊的牆壁上，掛著一幅毛針織的匾額。

透沒有準備說詞，所以繼續沈默不語。

「總之，」父親說，「是要躲雨嗎？」語帶一絲苦笑。

透不曉得如何是好，丟出一句：

「這麼晚來打擾你，對不起。」

「你好像很急迫的樣子啊？」

父親說，這次苦笑得很明顯。

「要在那裡過夜的話，要跟你媽說一聲哦。」

透根本不想跟母親說，不過他點頭答應。父親終於把鑰匙借給他，上面有個磨損嚴重的衝浪板鑰匙圈。

詩史一直在車內等候。

不曉得爲什麼，透覺得很意外。可能是即使詩史自行走掉了，他也不會覺得訝異吧。

「借到了嗎？」

接過鑰匙，詩史仔細瞧了一會兒，隨後輕輕地笑了笑。

「設計事務所？意思是我們接下來要去這裡？眞不敢相信。這實在太可笑了吧。」

透也跟著笑了笑。

「建築事務所？這是個什麼地方？我們又爲什麼要去那裡呢？」

詩史說了好幾遍。用一種開朗的、帶著悲傷的、而且是非常小的聲音說。

瓦斯台上只有一個爐子。透拿起水壺燒開水，沖了兩杯即溶咖啡。

事務所有點狹小，顯得壅塞雜亂。到了之後，馬上在皮革沙發上做起愛來。等不及了，來這裡本來就是爲了做愛。

螢光燈的燈光太白，也太亮。拉起窗戶的百葉窗，也只能看到狹窄的巷子。辦公桌和製圖桌上，到處都是散亂的紙張。大型影印機讓人覺得礙眼。

詩史的乳房豐滿而圓潤。保養良好的肌膚白皙細嫩，散發著淡淡的甜香。這個屋子裡的一切都和詩史的身體不搭，然而這樣的不協調反而更挑起透的性欲。將白襯衫往上掀起，把臉窩在詩史胸前磨蹭，襯衫到了最後並沒有完全脫掉。這和在只有間接照明、擺設精美的詩史寢室裡的大床上做愛，感受截然不同。

「來，咖啡。」

透將杯子遞給她，她微笑地接下來。臉上的粧已經掉了，看起來像素著一張臉。

「你知道嗎？」詩史說，「因爲吃飯而脫落的口紅，只要馬上補擦就能恢復原狀。但是，因爲這樣而脫落的口紅，不管怎麼補擦，顏色都無法上得均勻潤澤。」

這聽在透的耳裡，簡直幸福到了極點。詩史根本不需要擦什麼口紅。

熱熱的即溶咖啡，有一種熟悉而安心的味道。

「喝完這杯咖啡，我得走了。」詩史呢喃地說。

時鐘指著將近午夜兩點。

「再待一會兒嘛。」透試探性地說，「待到早上，然後我送妳回去。」

詩史沒有理會他，微微地笑了笑，搖搖頭說：不行啦。

「儘管我是個不良妻子，也不能不說一聲就在外面過夜。」

「那妳可以打電話回去啊。」

透一反常態，說出這種話。

「不行啦！」

詩史又說了一次，將咖啡杯放在地上站起來。

「一起生活吧。」

這句話突然從透的口中脫口而出。沈默降臨，過了片刻，詩史像外國人那樣高舉雙手。

「你饒了我吧！」

透沒有饒她。他不想讓詩史回去淺野身邊，彼此以站立的姿勢，直直盯著對方。無論如何，都不想讓她回去。

「對不起。」

回過神來，透竟然說出這句話。

語言，總是背叛透。

坐在有冷氣的咖啡店靠窗的位子，由利吃著九百八十圓的午餐套餐——蝦仁奶汁焗烤、蔬菜海鮮涼拌沙拉、麵包、咖啡——一邊吃著，一邊開心地聊天。

「昨天的同學會怎麼樣？」

坐在她旁邊的人被她這麼一問，突然心頭一驚，努力做心理建設，告訴自己沒什麼理由好怕的，然後回答：

「還好，反正就是那麼回事啊？」

事實上，同學會本身的確圓滿結束。

「這個很好吃哦！」

黏糊糊的東西，映入耕二眼簾的焗烤，由利用叉子把它叉起來。懶得跟由利說宿醉的事，怕解釋起來太麻煩，於是耕二心不甘情不願的，將被叉起來推到眼前的東西，塞進口中呑下去。突然覺得想吐，連忙喝水。

「對了，你有見到橋本的女朋友嗎？」

由利依然喋喋不休。

「沒有，我還沒見過她。」

大學生活到了第三年，橋本終於交了女朋友，這是最近的重大新聞，耕二剛聽到這個消息時興致盎然，一直捉弄橋本，叫橋本讓他們見個面，或者催橋本叫她出來。不過現在，他已經沒什麼興致了。

「不曉得是個什麼樣的人哦……」

耕二心不在焉地「哦」或「嗯」地敷衍她，眺望著窗外。昨晚的雨像假的似的，現在晴空萬里。由於溫度過高，空氣看起來好像在晃動。

吉田的娃娃頭有點凌亂，說了一聲：

「早安。」

雖然身上還穿著衣服，但睡在同一張床上。耕二完全沒有記憶，爲什麼吉田會在他的床上。

「爲什麼？」於是這麼問，「爲什麼妳會在這裡？」

吉田露出一個笑容，那笑容只能用齜牙咧嘴來形容。

「別擔心，什麼都沒做啊。」

儘管這並沒有回答耕二的問題，但鬆了一口氣的耕二終於釋懷許多，也不去管吉田爲何笑得齜牙咧嘴。

「喝完第三攤之後，已經沒有電車了，我們就在談怎麼辦才好呀，結果你說搭計程車回去吧，問你有沒有錢你說有錢，我因爲沒有錢就說沒有錢，叫你讓我搭便車你就說好啊到我家的話沒問題，於是我說好啊那就到你家，所以我就在這裡了。」

吉田一邊喝著「由利用」的紅茶，一邊這麼說著。簡直像連珠炮一樣，連句點都不見了，一直說、一直說。想要理解的話需要費點心神。然而，即便沒有這段連珠炮，耕二早就已經頭痛欲裂。已經接近中午了，中午還跟由利有約。

「其他人呢？」

耕二這麼一問，吉田很乾脆地回答「不知道」，又齜牙咧嘴地笑起來。

喝完紅茶之後，吉田還沒有回去的意思。

「你媽媽說了什麼嗎？」

她一定聽到電話才會這麼說。耕二努力想讓自己清醒過來，丟給她這麼一句：

「這不關妳的事吧！」

心頭覺得又悶又燥，點燃一根菸。

走人的時候，吉田在玄關說：

「謝謝你讓我住了一晚。」接著又說：「我們要再當好朋友哦！」

「耕二，你心情不好啊？」

由利問。蝦仁奶汁焗烤已經吃完了。耕二心想，這下糟了。

「怎麼會不好呢？見到妳最高興了。」

語畢，將菸放進菸灰缸裡按熄。

「昨天晚上喝太多了，因為我是幹事嘛。」

「你很累啊？」

耕二察覺到，由利那半是懷疑半是擔心的眼神，正直直地盯著自己。

「打工是從傍晚開始吧？」

由利拿起紙巾擦嘴，帶著甜甜的口吻說。

「我們快點去你的房間吧？」

耕二明白，此時由利憐憫的成份比撒嬌多。不過他實在不想回去今天早上那個房間，偏偏又不能說不。

奧莉薇亞．紐頓強（Olivia Newton-John）的「Jolene」，是詩史喜歡的歌。

下午時分。

像個白癡似的，透在太陽照得到的客廳裡聽ＣＤ。

結果那天詩史沒有回家。他們在沙發上相互擁抱，直到黎明。沒有做愛，完全就如文字說的，只是相互擁抱著彼此的身體躺著。除此之外，別無他法。透很悲傷，他知道詩史也感到很悲傷。但就是無法分離。

透說了一句「對不起」之後，詩史半帶呻吟、嘟囔著說：

「這時候說道歉太詐了吧，都已經回不去了不是嗎？」

她用帶著鑽戒的手指撥開髮絲。

「眞過分，你好蠻橫哦。」

那表情好像快要哭出來了。頭髮和衣服都凌亂不堪，一點都不像平常的詩史。

「對不起。」

透再度道歉。道了歉之後，覺得自己也快哭出來了。

然後他們接吻。不斷地接吻。躺在沙發上，透很擔心自己的手臂會不會把詩史抱壞了？詩史的雙手，貼著透的雙頰。詩史的唇，幾乎呈現無防備狀態。在親吻的空檔，詩史不斷地說我愛你，說愛你愛到瘋狂。其實心裡才不相信呢。無法自拔的幾分鐘過去後，儘管停止接吻了，但是沒有人想起身。

「會不會很重？」

透這麼問，詩史搖搖頭。

「這張沙發不錯耶！」

這張沙發雖然是便宜貨，小小的剛好可以容納兩個人的身體。

透就這樣閉著眼睛。詩史的手臂，抱著透的頭。

「就這樣一起活下去吧。」詩史輕聲細語地說，「就算沒有辦法生活在一起，也這樣一起活下去吧。」

透默不作聲，沒有回答。

時而變換身體的位置，親吻著對方的臉頰或額頭，稍微睡了一下。當窗外開始轉為蒼藍，又喝了即溶咖啡。這裡除了即溶咖啡，沒有其他飲料。雨已經停了。

「要不要打個電話？」

透這麼問，詩史笑了笑否定。

「直接回去比較快。」

這一次，透沒有挽留她。

外面，空氣清澄蔚藍明朗，涼爽宜人。所有的東西都還濕答答地滴著水滴，不過知道今天會是個好天氣。鑰匙，照父親交代的丟進信箱裡。

和詩史兩個人，相互纏繞著手指，慢慢走到有車子的大馬路。感覺有點孤獨，卻又很滿足，一種不可思議的心情。

黎明時分，連市中心的小巷裡都有一種潔淨的靜寂感。

「妳先上車吧。」

在大馬路上攔了一輛計程車，透這麼說。那時詩史的表情，一直縈繞在透的腦海裡。即使現在身處母親不在的自家客廳裡，聽著奧莉薇亞．紐頓強，詩史那時的表情，依然揮之不去。

那麼寂寞的微笑，除了詩史之外，誰也辦不到。

在計程車打開的車門前，詩史微微一笑。然後定睛凝視著透說：

「我的孤獨和那些爲賦新詞強說愁的青少年不同，我已經不想再孤單一個人。」

上了車後，詩史說：「謝謝你打電話給我。」

接著又說：「我會打電話給你。」

身體前傾，告訴司機要去的地方，繫上安全帶後，就沒有再回頭。車門關閉，計程車就這樣行駛而去。

這是一如往常的詩史。雖然衣服滿是縐褶，臉上的粧也掉光了，但這的確是一如往常的詩史。美麗，冷靜沈著，而且成熟端莊——

16

和商社的總經理「哎老頭」，第二次吃飯的地點是在一家法國餐館。除了總經理，還來了兩位經理。耕二在撕碎的麵包上塗上濃濃的奶油，放進口中，心裡想著或許會進這家公司工作。不是想進這家公司，也不是非進這家公司不可，而是或許會進這家公司。既然意志和努力的方向都敲定了，接下來就應該發揮了。耕二這麼認為。

耕二的父親西裝筆挺，但可能是因為穿了一件淡黃色的絲質襯衫，還噴了古龍水，加上金色的手錶和戒指的關係，看起來不夠穩重。只要有能力，人就可以自由。這是父親從小對耕二的訓示。

飯局從頭到尾都在閒聊。有時耕二被問到的問題也是，你喜歡哪個足球隊，或是有沒有女朋友之類無關緊要的事情。因為履歷表之前已經遞出了，其他想問的，都不是什麼大不了的事。

「哎，接下來就看考試了。」

飯局差不多要結束的時候，哎老頭這麼說。

同學會那晚之後已經過了兩個禮拜，吉田從那以來沒再見過面。喜美子也放著沒有理她，這兩個禮拜爲了討喜美子的歡心，眞是受夠了。

爲什麼要去討她的歡心呢？

耕二自己也想不通。坦白說，現在連見她都嫌麻煩。喜美子太直了，年紀明明比較大，卻完全沒有年長成熟的樣子。

厚子則是拘謹客氣，深知自己不適合耕二。當然，那時耕二也被她的拘謹搞得很難過，也很火大，好幾次都跟她說「沒關係」，「沒關係，厚子，妳不要想太多」，「不會有事的，我一定會處理這個問題」。耕二是認眞的。當耕二把話說出口的瞬間，他都是認眞的。

他們的關係被吉田識破、吵得天翻地覆的時候，耕二不知怎地鬆了一口氣。紙包不住火，不可能一直隱瞞下去。厚子一定也這麼想。那時厚子說，我不要緊的。

厚子是個成熟的大人。

相對的，喜美子……耕二嘆了一口長氣。

出門的時候還盤算著今天要談分手的事，見了面之後突然又變得無所謂了。因爲雙方都強烈地飢渴、肉欲，反正先做愛再說吧。分手的事等做完愛再談吧。

結果就變成這樣了。

在床上，耕二和喜美子都熱情無比。對於彼此肉體的情欲，高漲到連自己都無法控制、滿溢而出。喜美子曾經形容兩人的做愛，簡直像在打架似的。在床上甜言蜜語是耕二很拿手的事，但是和喜美子上床，耕二的從容到了中途一定會被喜美子奪走。實際上，根本沒有時間甜言蜜語。最後，兩人都好像到了呼吸困難的前一刻，氣喘吁吁地喘個不停，滾停在床的一端和另一端。雖然只有短短一瞬間，只有這個瞬間耕二覺得喜美子是他全世界最愛的人。全心全意的。

在這種事之後，應該無法再談分手的事。耕二意識到，無法失去她。他無法失去喜美子。儘管有朝一日和別的女人結婚了，也無法失去和喜美子的肉體關係。

「你要回你公寓嗎？」

和「哎老頭」他們分手後，父親問。因爲在場沒有其他人抽菸，忍了很久終於點燃一根菸，深深地吸了一口，耕二應了一聲「嗯」，接著說：

「明天一早還有事，跟人家約好了。」

他跟由利約好明天早上要打網球。父親說：哦，這樣啊，我會被碎碎念。

耕二呵呵地笑了起來。這笑原本是想帶著輕微的謝罪之意，可是卻不由得變成同情的笑。由於剛從冷氣房的店裡走出來，夜氣顯得分外濕暖。

「會氣個半死吧！」

耕二說，省略了主語「老媽」。

「昨天晚上她也打了電話給我，把早紀數落了一頓。」

大哥——隆志新婚三個月已經面臨離婚危機。由於當事人不肯說明，也不知道原因究竟爲何。從新居被趕出來，現在寄住在老家。

「眞是傷腦筋啊。上面那個結了婚被趕回老家，下面那個在找工作。」

符合「調皮弟弟」的稱號，耕二以事不關己的口吻說：

「就是啊！」

父親以苦惱的表情作答。不帶苦笑也不帶微笑，只是純粹苦惱的表情。

同一個時間，透在自己的房裡坐困愁城。他覺得，自己又被關在這裡了。九月。詩史音訊杳然。

我的孤獨和那些爲賦新詞強說愁的青少年不同，我已經不想再孤單一個人。

詩史這句話縈繞在腦海裡揮之不去。

那時候，透並不是說要一個人活下去，而是一起生活吧。對詩史而言，自己可能是個微不足道的人。一想到這個，他就像失心瘋似的抓狂、發飆。而且奇妙的是，他生氣的對象不是詩史，而是自己。

枕邊，擺著七本詩史喜歡的書，堆疊得亂七八糟也不去管它。

一起生活吧。

這不是經過思考之後說出來的話，而是心血來潮，突然脫口而出。然而對現在的透而言，這是最現實、也是最實際的提案。有什麼理由不能這樣做呢？要跟詩史好好再談談這件事。透下定決心，走到陽台上。星辰閃爍。只要詩史也想這樣做，旁人怎麼想都無所謂。可不是嗎？

透已經無法再忍受這種狀態，差不多到了該逼她表態的時候。

翌晨晴空萬里。

由利打網球是少女時的興趣，令人驚訝的是，她打的還是強力網球。在球場上跑來跑去，即使身體歪斜了也能打回去。由於力氣不夠，教練叫她用兩手打；就連反手拍，用兩手揮出也是力道驚人、球速飛快。球網前的殺球特別拿手，看起來好像搖搖晃晃的，但一個不留神就會被她痛宰得很慘。

「妳越來越厲害了！」

被這麼一誇獎，由利露出喜悅的笑容。

「因爲我勤於練習啊。」

由利喘著氣說。

「可是耕二你好壞哦，故意跑到離我最遠的地方去打！」

才八點而已，陽光已經照得白花花的。

「今天就先打到這裡吧？」

耕二這麼一問，由利立刻猛搖搖頭。

「再打一局。」

說的時候語尾還上揚。由利有一種潔淨的強悍感，耕二很喜歡她這一點。

沖澡之後，兩人在俱樂部的咖啡店吃早餐套餐。接著，由利說她想買一雙新球鞋，耕二陪她去買，然後就分手了。由利說，她和女生的朋友們約好下午要去看電影，而耕二有無法跟由利說的預定行程。像這樣，大清早的就出來打網球，一天跟兩個女人見面，耕二認爲，這是學生的特權。

可能是天氣很好，心情也好得不得了。打網球流了一身汗，身體也變得輕盈許多。和喜美子約在惠比壽見，到站之前，先在電車裡稍微打個盹。

白色木棉製、筆挺的襯衫，是以前詩史送給他的。

「我第一眼看到，就覺得它很適合你。」詩史說。

透未曾穿上它去和詩史見面。他覺得把禮物穿在身上，好像要去呼籲、提醒什麼似的，因此一直不好意思穿。不過今天，他打算穿這件襯衫。襯衫已經洗過好幾次，穿起來皮膚的觸感非常柔順。

昨晚，透打電話給詩史，因爲他實在憋不住了，無法再等了。詩史說她在家裡，正和淺野在喝酒。還說，上個禮拜她一直都在出差。

「東歐有很棒的家具哦！素雅大方，價錢也還可以，很適合冬天擺出來展示。其他也找到很多東西。」

這是一如往常的詩史。那說話的語調，好像上次的事沒有發生過似的。

「我想見妳。」

透這麼一說，詩史沈默半晌：

「我再打電話給你。」

「什麼時候？」

「明天傍晚以後。」詩史說，「我只有一個小時左右。」

為了這一個小時，透又在這裡等電話。時間的長短不是問題，因為無論三個小時，或是五個小時，甚至十個小時，他都感到不夠。非得回去不可的時刻總會到來，這才是問題所在。

下午五點。天空還是一片蔚藍，蟬鳴聲此起彼落。重複播放，按下按鈕，在快要聽膩了比利喬重複的歌聲之際，詩史打電話來了。三十分鐘後在「芙拉妮」見。就這樣約定後，電話就掛了。

透抱著和以往不同的心情走出家門，他想把詩史搶過來。他決定搶過來。

穿著嗶嘰襯衫和褐色皮革長褲，詩史喝著伏特加。

「你過得好嗎？」看到透，她這麼說。「好熱哦，夏天拖得好長，好像沒完沒了似的。」

透坐上隔壁的凳子，點了啤酒。詩史的背嬌小而美麗。

「妳從店裡來的？」

詩史回答，對啊，目不轉睛地看著透，說了一句「我好想你哦」，用手纏繞著透的頸子，不是吻他，而是用臉頰在他臉頰上貼了一下。聞到詩史最近喜歡用的香水，BABYDOLL的味道。

「我本來很喜歡旅行的。」

詩史狀似寂寞地微笑說。

「旅行的時候一直思念著某人，啊，我要回去了；啊，我在這裡做什麼呢，這種心情還是第一次呢！」

叼著香菸，點上火。深深地吸了一口，悠悠緩緩地吐煙。

「你過得好嗎？」詩史又問了一次。

「明知故問。」

透意識到，自己似乎無法產生幸福的感覺，不看詩史的臉這麼回答。

「妳明明知道我不可能過得好！」

「芙拉妮」的吧台，曾幾何時已經變成透親密熟稔的東西，光滑的木紋、厚實而柔和、焦褐色的吧台。

「我好想乾脆住在這裡哦！」

透這麼一說，詩史笑了笑。

「還有，」透接著說：「還有，我已經不是青少年了。」

這句話，不如透所預料的，並沒有對詩史造成什麼影響；至少，表面上看起來沒有影響。因爲詩史向酒保點了橄欖，開始談起在旅行時候發現的羊的事情。那是個小小的飾品，用眞正羊毛做的布偶，而且完全沒有染色。詩史買了一百隻，準備拿來冬天展示販賣。

「你要來看哦！」

詩史說，微微地笑了笑。宛如在一個透無法動手的地方，洋溢著幸福的女人。

透無法回答。過了片刻，詩史以平靜的口吻說：

「我跟你說過了呀？一起生活和一起活下去，未必是相同的事情。」

透看著排列在正前方的酒瓶，覺得這根本是在鬼扯。

「不管和誰住在一起，我要和想一起活下去的人一起活著。我已經這麼決定了。」

看在透的眼裡，他認爲詩史一開始就把結論準備好了，似乎已經下定決心不聽透說的話。

「妳可以跟想一起活下去的人生活啊？」

他看著詩史的臉問。接著，立刻，他後悔問了這個問題。

「那……你要搬來我家住嗎？」

詩史反問，目不轉睛地直直看回去，臉上甚至還浮現出美麗的微笑。

透，徹底束手無策。

吉田再度出現，是在耕二和由利打完網球，然後到惠比壽和喜美子纏綿之後的同一天夜晚。

吉田自己一個人。向耕二點了酒，然後說：

「陪我打電玩吧！」

「我不會玩這種東西。」

耕二回答的時候，在「不會」這兩個字加重語氣，原本是想保持距離，聽起來卻有種熟悉感。不愧是以前的老同學，才會出現這樣的語氣。

「那就算了！」

吉田故意鼓起臉頰給他看。

「今天不打電玩了。下次我帶朋友來，好不好？」

下次。

店裡一半的撞球台都有人，到處都是尖銳的撞球聲。

「有什麼事啊？」

耕二用不悅的口吻問。他不喜歡被人糾纏不休，更何況對方是吉田。

「好啦！」

吉田齜牙咧嘴地笑。穿著綠色的背心，幾乎沒有胸部，看起來反而顯得低俗沒品。低俗沒品，慘不忍睹。

「好啦，反正我是客人啊！」

耕二回答：不好。一點都不好！

從窗戶可以看到新宿落魄的夜景。吉田從包包裡拿出涼菸來抽，菸灰缸距離自己有點遠，她不自己拿，故意叫耕二拿給她。

思考！耕二命令自己的大腦。吉田到底想怎樣啊？她在期待什麼？她想做什麼？

吉田轉動凳子，背對耕二，眺望著店內。那顆黑黑的娃娃頭裡面究竟在想什麼呢？耕二完全猜不透。

「吉田！」

耕二試著警告她。

「妳可不要做討人厭的事哦！」

吉田回頭，又是齜牙咧嘴一笑。

17

耕二一邊爲橋本做沒有什麼料的蛋包飯和蘿蔔沙拉，一邊以發牢騷的口吻數落橋本，說他眞的一點都沒變。

「去別人家看電視這麼有趣啊？」

橋本沒有回話。

「照理說，交了女朋友應該會有所改變吧？想見她都來不及了，哪有時間看什麼電視？」

耕二很會做蛋包飯。左手拿著平底鍋的把手，右手在左手上輕輕敲打，把蛋汁晃得很均勻完美地將飯包起來，他對於自己這項手藝感到很得意。

「你幹嘛嘮叨個沒完啊？」

橋本回了一句，站起來，拿起湯匙吃剛起鍋的蛋包飯。

「能不能給我一杯水？」

下午三點。耕二沒有在兩餐之間吃東西的習慣，但不只是橋本，許多朋友到了這個時間都會感到肚子餓。

「誰叫你不吃午飯，活該啦！」

耕二一邊將水倒進水杯，一邊念他。

「你脾氣很大哦！像個女人似的！」

這句話踩到耕二的地雷。

「你懂什麼女人啊！」

橋本靜默不語。蛋包飯的蒸氣，將鏡片弄得霧濛濛的。

「說來說去你最好命啦，只要把心思放在女朋友身上就行了，輕鬆得要命。」

這是真心話。橋本擺出一副受不了的表情。

吉田連續三個晚上都出現在打工的地方。昨晚沒有出現，但是只要有客人進來，耕二都會心驚膽跳地以爲可能是她來了，就這樣擔心了一整個晚上。究竟爲什麼要爲吉田如此惴惴不安呢？想到這裡又不禁怒火中燒，可是無論怎麼生氣都無法解決問題，這使得他更加焦慮、煩躁。想要解決問題卻無法採取行動的狀況，最容易讓耕二感到焦急厭煩、疲憊不堪。

「吃完以後要把碗盤洗起來哦！我沖個澡要出門了。」

橋本回答：好！

喜美子穿著苔綠色的胸罩和內褲。在惠比壽碰頭後，立刻驅車前往五反田的賓館。因爲等不及了，在車裡就稍微做了起來。喜美子一邊開車，一邊發出笑聲。

「我好想妳哦。」

耕二已經很久沒有這樣，以毫不虛假的心意對喜美子說這句話。這個賓館房間的床上還貼了一個牌子，上面標示著負責清掃這個房間的工作人員的名字，耕二躺在床上，覺得自己最近對喜美子實在過於冷淡。喜美子的大膽和率直，是值得珍愛的；還有她結實的身體，以及強而有力的手臂。

耕二霎時嚇了一大跳，因爲喜美子從三角褲外，一口含住了那個。耕二感到一股奇異的溫熱，不禁發出呻吟聲。

對耕二而言，喜美子是個和煩人的事無緣的女人。見面，做愛，分手，對周遭不會帶來任何影響。吉田的出現、由利、透、橋本、大學、打工、就業等等，這一切多少都會對自己有所影響，但喜美子處於與它們無緣的位置。

回過神來，內褲已經被脫掉了。耕二伸出手去，想把喜美子拉上來。

「來吧，我已經受不了了。」

喜美子動也不動，詭譎地低低竊笑，瘋狂地在耕二的下腹和雙腿吻來吻去，說了一聲：還沒啦。

就這樣一直持續到耕二使出蠻力逆轉狀況爲止。和喜美子做愛總是如此，交替著無止盡的貪婪、欲求和付出，直到兩人都筋疲力盡爲止。冷氣已經轉到「強」了，但一點用處都沒有，最後兩人都汗水淋漓。

「我好喜歡妳哦！」

翻雲覆雨之後，兩人像罐頭沙丁魚一樣橫躺排在一起，耕二抽著菸，這麼對喜美子說，語調甜蜜滿足到自己都覺得可笑。

內心暗忖著，自己眞的有辦法和喜美子分手嗎？看起來似乎很難。在過去經歷的分手經驗中，甚至有一天或許和由利分手，然而和喜美子的分手都比這些困難得多。

「我很喜歡妳像隻野獸的樣子。」

耕二這麼一說，喜美子低聲頂回去：

「我不喜歡被說成一隻野獸。」

儘管如此，自己會跟喜美子一直這樣交往下去，或是叫她跟她老公離婚再跟自己結婚之類的發展，他也斬釘截鐵地認爲不可能。

喜美子緊緊靠在耕二的旁邊，一雙細長的腿夾著耕二的一隻腿，像一隻飽腹的貓，露出滿足的表情。

傍晚耕二打電話來的時候，透在自己房裡聽著比利喬。耕二說好久不見了，想找他出去吃頓飯，透回他說什麼好久不見了，上個月同學會才見過而已，結果被耕二說了一句：

「你好冷漠哦！」

接著又說：

「第二攤沒有來的傢伙居然敢講這種話！」

透心想，耕二大概說的沒錯。沒有詩史的地方，他根本沒有興趣去。於是他有一句沒一句地應著，不是「哦」，就是「這樣啊」。

「到底怎樣！你講清楚好不好！反正你閒閒沒事不是嗎？」

耕二拉開嗓門大吼。不曉得爲什麼，他總是從嘈雜的公共電話打來，爲了不輸給周遭的嘈雜聲，有一半幾乎都是用吼的。

結果，決定去高中旁邊那家拉麵店。這裡曾經是——透從圖書館出來，耕二從補習班回來——兩人碰頭會合的店。

透穿著T恤和牛仔褲，外面還披了一件深藍色的夏日毛線衫。夏天的傍晚，有一股公共澡堂的味道。

地下鐵只搭了兩站就下車，透站在剪票口旁邊的留言板，看著文庫版的書等耕二到來。這是遠藤周作的作品，詩史說她在學生時代讀了大受感動。

五分鐘後，耕二出現了，穿著一件淡紫色的T恤，胸前有「HUGO BOSS」的字樣。頭髮塗了一堆慕絲還是髮膠之類的東西，看起來像平常一樣乾爽，不過聞味道就知道了。

「今天不用打工嗎？」

透邊走邊問。

「不用。」

耕二先簡短回答，端詳了一下透的裝扮說：大熱天居然還穿毛線衫！

這家店叫「太樓拉麵」，已經三年沒來了，一點都沒變。透和耕二在這裡吃的東西都很固定。耕二叫了那樣東西。

「又沒怎樣，她居然笑得齜牙咧嘴的！」

耕二從剛才一直在說吉田的事。

「吉田笑，你會很傷腦筋啊？」

自己從冷水器裝了水之後，回到角落的座位坐下。

「問題不在這裡吧！」

半道菜都還沒有來，耕二已經把免洗筷子扳開。

「吉田找你有什麼事？」

這麼一問，耕二嘆了口氣。

「你到底有沒有在聽啊？她就是不肯說，我才會這麼煩啊！」

算了！耕二鬱悶、惱怒地說。

「眞是的，最近的年輕小伙子根本都不聽別人講話。」

說得好像自己不是最近的年輕小伙子似的。

吃了水餃、喝了啤酒之後，透吃青椒肉絲麵，耕二吃天津麵，自己吃自己的。

「會好好聽我說話的人，大概只有由利和喜美子吧。」

透霎時一怔：「你跟她談過了嗎？」

透這麼一問，這回換耕二嚇一大跳：「怎麼可能！」這種事怎麼跟她談嘛。

透納悶地說：「這實在太扯了。」

不管怎樣，關於耕二和他的女人們的關係，透不願多談。一半是覺得實在太不像話了，一半則是相信耕二那麼厲害，一個人一定應付得了。總而言之，一半是輕視，一半是敬意。透對耕二，從高中時代就抱著這種感情。

「不過，」耕二說：「喜美子那邊，差不多該跟她分手了。」

「爲什麼？」

拉麵已經吃完了。透的碗裡清潔溜溜，耕二的碗裡剩下一點湯。透暗忖，跟以前一樣。

「爲什麼？」這個問題耕二沒有回答，取而代之的是：

「畢了業之後，」耕二說：「畢了業之後，女孩子應該還是會考慮結婚吧。」

他說這話的時候，心裡想的是由利。

「誰知道，也不見得都是這樣啊？」

透雖然這麼說，不過他也搞不清楚。只是覺得很難說，兩者都有可能。

走出店外，夜氣有點潮濕冰涼，感覺很舒服。

「吃得好飽哦！」

透要去六本木，搭地下鐵差不多一站的距離，他決定用走的。這個距離散步剛剛好。

「橋本交了女朋友了。」耕二說：「我跟他說，被甩之前要讓我們見一見。」

六本木，有個經常和詩史一起去的酒吧。那是個可以聽七〇年代音樂的酒吧。還有一家經常和詩史一起去的義大利餐廳，詩史說那家餐廳的蔬菜比其他地方來得好吃。

「山本也好久不見了，由利也說很想再見見你，改天大家出來聚一聚吧。把橋本跟他女朋友也一起叫來。」

透回答：好啊。其實他根本沒興趣，不過總不能老是實話實說。

和耕二分手後，透一個人直直地往外苑西路走下去。

耕二竟然會心思混亂、拿不定主意，這是很少見的事。透總給人一種好像在很遙遠的地方的感覺，從以前就這樣。像個孤獨的小孩，透總是無法融入周遭的環境；個性原本就不浮誇外向，但總讓人覺得難以親近。耕二認爲，這跟他在單親家庭長大，以及母親經常不在家、是個鑰匙兒童，或許有點關係。然而不管有沒有關係，透從以前就是這個樣子，和「詩史」交往之後，這種傾向越來越嚴重。

混亂的原因和吉田有關，恐怕也——耕二意識到，會用「恐怕」這個詞，證明自己眞的已經混亂到沒主張了——和喜美子有關。

自己或許無法離開喜美子。

這種想法，使得耕二戰慄不已。

和喜美子只是肉體上的關係，而且彼此似乎都有這種默契，至少耕二是如此下定決心的。從一開始就是。

然而今天，在他打電話給透之前，耕二約喜美子出來吃飯。交往至今，他從未和喜美子在晚上見過面。理由很簡單，因爲喜美子是人妻。

不過，眞的是這樣嗎？

倘若喜美子，譬如說像「詩史」一樣，是個晚上也會在外面走動的女人，自己會爲了喜美子，把晚上的時間挪出來嗎？首先，耕二認爲就物理層面而言不可能。不過物理層面，這一點本身就有謊言存在。什麼是物理層面？

喜美子說，因爲今天老公出差，所以回家的時候不用去買菜，把剩菜拿出來湊合一下，一個人輕鬆吃晚餐。但耕二依然是空腹，剛好今天又不用打工，所以邀她出來吃飯。

「那出來吃飯吧。」

有一點順勢而爲、順便的意思。偶爾爲之。

偶爾爲之？眞的假的？一向小心謹愼的我會做這種事？

「現在嗎？」

喜美子單純地露出訝異的表情。然後，單純地拒絕。

「晚上我想待在家裡。」

她說老公說不定會打電話回來，還說以前就跟你說過了，我可是很好的家庭主婦呦！這是耕二萬萬沒有料想到的回覆。

其實也並不是那麼想跟喜美子出去吃飯，可是那時自己爲什麼會覺得那麼受傷？眞是搞不懂。

他很氣喜美子。

認爲喜美子能在床上做出那麼大膽開放的行爲，現在居然說因爲是主婦，晚上不能不回家。

換了兩次電車，耕二坐在中央線的座位上搖搖晃晃的，想起喜美子的柳腰和大嘴，身體後仰時露出的白色喉嚨，發飆、抓狂時的恐怖女鬼面容，心情好的時候，捉弄耕二時的口吻。

晚上我想待在家裡。

我不喜歡被說成一隻野獸。

中央線非常擁擠。隔著對面的窗戶，大廈的燈光看起來小小白白的。

回到公寓，看到門口的門把上吊著一個塑膠袋。拿起來搖一搖，發出窸窸窣窣刺耳的聲音，裡頭放著章魚燒和一張便條紙。果然不出所料，是討厭的吉田送的。

給耕二

我去打工的地方找你，他們說你休假，我就想說或許你會在家，所以過來看看，結果你不在家，我就走了。章魚燒，用微波爐熱來吃吻！

吉田

便條紙上的字，像小孩寫得歪歪扭扭的。耕二就這樣杵在走廊上看，裡面的東西還有一點溫溫的，把他嚇死了！不禁轉頭，環顧一下四周。

「眞的假的？」

耕二想讓心情輕鬆點，幾乎是拚了命地試著發出聲音說話。

「好醜的字！」

但是沒有效果。

進入屋內，耕二將章魚燒連同塑膠袋扔進垃圾桶。打開窗戶，想了一下，又關上窗戶。自己也覺得反應過度，不過卻起了一身雞皮疙瘩。他很怕這種事，而且極度討厭。

仰躺在床上，交叉著雙腳，耕二覺得自己的人生，好像已經脫離自己預期的軌道，不快點想想辦法，可能會有危險。但是問題在於，不知道究竟是什麼事？到底該怎麼辦才好？

18

擦這個家的玻璃，從小就是透的工作。暑假和年終的時候，總會被母親叫去擦玻璃，無可奈何地擦。升上高中之後，不用母親叫，自己就會去擦了。玻璃髒髒的，總給人一種懶散的感覺，他不喜歡。習慣之後，就變成一件簡單的事。已經好幾年了，透不曉得母親有沒有察覺到，這個家的玻璃總是隨時保持乾淨、美麗、亮晶晶的。

夏天的傍晚，透隔著剛擦好的玻璃窗，眺望著東京鐵塔。室內的空氣還有噴霧清潔劑的味道——仿效檸檬，但完全不像檸檬味——殘留著。

和詩史開始交往的時候，透覺得一切都新鮮無比。年長、美麗的女性和自己約會見面的事；幾乎不搭電車的詩史的行動模式；在各種場合詩史介紹給自己認識的人們、酒、美食、音樂；詩史和她老公別出心裁的——例如客廳有一尊觀音像——

生活空間。一切都新鮮無比且充滿驚奇，在在都使他瞠目結舌，目不暇給。

透懷念地苦笑著。在詩史周遭的人們眼裡，自己八成是個小孩子吧。即便至今這種看法也沒有改變，事實上自己也很無力。

「那……你要搬來我家住嗎？」

也難怪詩史會這麼說。那時一心一意想把詩史搶過來，而且還認爲搶得過來。實在愚蠢至極。

現在透的心情好到奇妙地興奮、高昂。雞尾酒時間。從冰箱拿出罐裝啤酒，眺望著天邊幾抹淡淡的晚霞，一個人獨飲。至少，不是小到連酒都不能喝的小孩。除了詩史之外，其他的對透都無所謂。詩史是他的一切。

既然這樣，那就沒辦法了不是嗎？

喝光啤酒後，拉上窗簾、打開電燈。然而有一點，有一點是確定的。透將目光從不響的電話移開，彷彿在自我激勵般地想著。只要這一點是確定的，那就夠了。那就是，詩史內心明白。他對這個很有自信。無論自己在別人的眼裡多像個小孩子，但對詩史而言，自己絕對不是小孩子。

這恐怕任誰也無法明白吧，除了詩史和自己之外。

向來美麗而故作成熟的詩史，有時會突然露出的驚怕表情，或是爲了隱藏心慌而故意加強語氣時露出的瞬間躊躇，透想起這些，笑逐顏開。

這不就好了嗎？透心想。至少就目前的狀況而言，這就足夠了不是嗎？

比打工的時間提早三個小時進辦公室，耕二完成了一份報告。從好幾本書節錄出來的引用，以及做到看起來不像是引用的引用，巧妙地把這兩者排列組合起來的報告。雖然不可能得到「優」，但也不至於「不及格」。

辦公室的冷氣吵得令人抓狂，卻一點都不冷，窗戶開了一半，悶熱難挨。看了一半的漫畫週刊、袋裝的糖果餅乾、不曉得誰從電玩中心拿回來的布偶娃娃、看起來好像百年沒洗的球鞋——耕二認爲，一定是太臭不想放入置物櫃吧——一大堆東西擺得亂七八糟。這裡的員工幾乎都是兼差打工的，所以大家都只是把這裡當作暫時經過的地方，髒兮兮的也無所謂吧。

耕二小心翼翼地用文件夾把報告夾起來，點燃一根菸。心裡盤算著，如果今天吉田又來了呢？如果今天吉田又來了，一定要逼她從實招來，她到底想怎樣！然後還要跟她講清楚，叫她以後不要接近我！

煩人的事不只這個。今天早上又被母親用電話吵起來，聽她發了一頓牢騷，講大哥和他新婚妻子的事。小倆口好像言歸於好了，不過吵架的原因打死都不肯說，使得母親一直耿耿於懷。

「吵得這麼兇，吵到連什麼離婚的狠話都說出來了哦！這不是太給人惹麻煩了嗎？」

母親說的也有道理，這要讓耕二來說的話，除了給人添麻煩沒有其他。

「算了啦，不要管他們了！」

耕二這麼說。隆志從小處理事情就很不得要領，只是夫妻吵架，實在不該把父母也捲進去。

「怎麼可以不管呢？早紀的娘家那裡也很擔心耶，還打電話到我們家來關切。可是你也知道，我跟你爸都不曉得到底是怎麼回事，根本無法向他們說明。」

就這樣，耕二被迫陪母親講了十五分鐘的電話，結尾還來上這麼一段：

「不過，所謂下過雨之後，土地才會變得更堅固，事情總算緩下來了，剛好早紀生日也快到了，大家就決定來家裡吃頓飯，到時候你也回來露個臉哦，雖然你也挺忙的……」

最後竟然還下達命令。這對本來和大哥就不是那麼親的耕二而言，眞是麻煩死了。

按熄香菸，站了起來。他站在鏡子前面，用手梳整頭髮。該到店裡去的時間了。今晚會是個怎麼淒慘的夜晚，此時的耕二還一無所知。

撞球台七成有人打的晚上九點左右，吉田出現了。此時，耕二正在和別的客人說話。那位客人叫做和美，高三的學生，一直很欣賞耕二。暑假期間，全家一起去夏威夷，和美曬了一身好膚色回來。一如往常，和中年男人一起。雖然是一起的，有時也會一個人坐在吧台的凳子上喝著烏龍茶。這時，吉田出現了。

「你好啊。」

吉田說。吧台除了和美以外，沒有人坐在那裡，吉田卻故意挑選和美旁邊的位子坐下，然後突然直接質問和美：

「妳是耕二的女朋友？」

耕二還沒罵出「豬頭」之前，和美就搶先極力否定。

「不是！」

部分挑染成綠色的野性髮絲，隨著臉的動作左右搖擺。

「對不起。」

耕二首先向和美道歉，然後狠狠瞪了吉田一眼，用表情催促吉田向和美道歉，但吉田一副無所謂的樣子。

「對這位客人很失禮吧？」

沒辦法，耕二只好明言催促。

「不用了，沒事。」

和美當然這麼說，她察覺出氣氛不太對勁，拿著烏龍茶的杯子，連忙回去中年男子的撞球台。

旁邊沒人之後，耕二的自我控制力猛然斷線。

「妳在胡說什麼啊！眞受不了妳！」

語氣變得凶暴粗魯，這也是沒辦法的事。

「妳給我滾！麻煩死了！」

吉田一語不發。因爲表情有點怕怕的，又想擺出頑強抵抗的樣子，形成一種頗爲複雜的表情，也談不上是女人味，用帶有濕度的眼神直直地瞪著耕二。

「妳在想什麼啊！眞是夠了！」

不知是壓低嗓門的緣故，還是對方沈默不語的緣故，粗暴凶狠的話語，最後變得好像有點要哭要哭的。

「對不起。」

吉田心不甘情不願地說。

耕二鐵了心腸，今天絕對饒不了她！

「給我一杯蘭姆酒加可樂。」

可是吉田居然這麼說，而且還齜牙咧嘴地笑著。

「不給！給我滾！不要再來了！」

吉田沈默不語。雖然沒講話，但看不出是要走人的樣子。

和美站在大廳中央的撞球台邊，看起來一副很擔心的樣子。

「我跟妳說，如果妳有話要跟我說就明白說出來！妳有話要跟我說吧？因爲過去的事懷恨在心，就這樣糾纏著我不太好吧？要我道歉我就跟妳道歉！要我下跪我就跟妳下跪！對我來說，那已經是過去的事了！」

沈默，持續了五秒左右。

「我才沒有懷恨在心呢……」

吉田用彆扭、撒嬌的口吻回答。

「可不是嗎？戀愛本來就是自由的。爲什麼我要對你懷恨在心呢！」

「那不然是怎樣？妳到底希望什麼？」

吉田又齜牙咧嘴地笑起來。

「可以說嗎？說了你會爲我實現願望？」

耕二毫無來由地心頭一驚，但還是催她快說。

「說吧！」

她到底想怎樣呢？耕二很想知道，也有必要知道。

「跟我上床睡覺。一次就好，這樣我以後就不會再纏著你，我保證。順便聲明一下，我可沒有得什麼怪病哦。」

吉田一口氣說完，彷彿這個願望是極有可能實現似的，滿懷期待地看著耕二。

「妳在開玩笑吧？」

眞是夠了！抱著下跪的心理準備，認眞跟她說的話，突然變得愚蠢可笑。

「妳有神經病啊？」

耕二撂下這句話，離開吧台。拿著一疊菸灰缸，繞著大廳把髒的菸灰缸換掉。

收回空杯子，將亂放的球桿放回指定的地方。耕二希望吉田趕快走人。如果她是個精神正常的女人，應該會感到無地自容、馬上走人才對。

不過大廳的雜事，一會兒工夫就做完了。部分的工作人員胸前戴著一個牌子，上面寫著「隨時教您撞球，請輕鬆叫喚」，耕二的胸前也戴著這個牌子，但是客人並不敢「輕鬆」地隨便叫他教球。看了一下吧台，吉田依然一個人坐在那裡。

接著，映入眼簾的景象讓耕二戰慄不已，整個人像凍僵了似地怔愣在那裡，動彈不得。

最先發現的是由利。由利看到耕二，開心地向他揮揮手。由利的旁邊是橋本，露出一副「嗨」的表情。再過去那邊有個沒見過的女生——可能是橋本的女友——站在那裡，輕輕地欠身向耕二打了個招呼。

三個人好像才剛進來，站在入口處的旁邊。入口處的旁邊，緊臨著吧台。

這該怎麼辦呢？耕二還沒想就已經行動了。

一副毫無所懼地大步走過去，持續不看吉田，在服務台打進場時間的傳票。

三個人嘰嘰喳喳地說著「嚇了一跳吧？」「初次見面，你好啊！」之類的，但耕二完全沒有聽進去，拿起傳票，帶他們去空的撞球台。

「爲什麼?」由利有點狐疑地問,「像平常一樣坐在吧台就好啦,而且今天店裡滿擠的。」

「嗯,對啊、對啊,這裡就好了啦!」連橋本都這麼說,耕二就火大了。

「難得有三個人,偶爾打打撞球也不錯啊!等一下我過去教你們。」

耕二這麼說,由利臉上的狐疑之色更深了。

這時,吉田站了起來,拿著帳單走過來,對耕二說:

「買單。」

「謝謝您的惠顧。」

在三個人的注視下結算帳單,耕二感到全身冷汗涔涔,根本不敢看吉田的臉。

「我就聽你的話回去,你欠我一個人情。」

耕二懷疑自己的耳朵。吉田最後那句話,使得由利十二萬分地確定自己的懷疑屬實。

「她是誰?」

吉田走了之後,由利當然這麼問。

「誰?喂!到底是誰啦?」

外面下著雨。

耕二躺在自己房間的床上，橋本也靠著牆壁，雙腳伸直坐著。

「這也不能怪我啊。因爲你說那個年紀大的女人不會去你打工的地方，可是我不知道你跟其他女生還有瓜葛啊。」

我跟她才沒有什麼瓜葛呢！耕二不爽地回答。

「不要再說了！」

「而且是你一直吵著叫我帶女朋友給你看的啊？」

橋本毫不避諱地繼續說下去。

「我不是叫你不要再說了，眞是夠了！」

耕二起身，叼起一根菸。

前天晚上，吉田走了之後，耕二知道已經賴不掉了，只好對由利——還有橋本和他的女友——說明事情的經過。他盡可能誠實地根據事實加以說明。說她是同學會那天見到的高中老同學，同學會之後就一直纏著他，讓他備感困擾，跟吉田曾經交往過的事也說了，但也表明今後根本不想跟她交往。

至於同學會的第二天早上，眼睛一張開就發現吉田在旁邊，以及厚子的事，這些都省略沒講。

「嗯……」

聽了這段話之後，由利說。看起來似乎不太能夠接受。

「只有這樣？」

她以聽起來不像在詢問的口氣，繼續問了這句。這時，多少感到有點責任的橋本說：

「這女人有病啊！」

不知道如何是好的橋本女友也補上一句：

「眞是傷腦筋。」

不過沒什麼用。

「既然這樣的話，耕二幹嘛怕成那個樣子呢？」由利說，「應該可以光明正大地把她介紹給我認識不是嗎？」

眼前擺著由利一向十分喜歡、還把它叫做「特製雞尾酒」的檸檬酒，但由利連沾都不沾一下。

「可是，如果她是個危險的女人就麻煩啦，說不定反而會恨妳耶！」

對啊、對啊，只有橋本的女友點頭稱是；橋本則流露出厭煩的表情。由利頑強地說：

「我才不怕呢！」一副頑固、嘴硬的樣子，「這種事我根本不在乎，有本事大家來對決嘛！」

還對決咧！耕二絮絮叨念著。

「女人都是這個樣子，眞是受不了！」

橋本只從眼鏡後方送出一個冷淡的眼神。

外面下著雨。

詩史以愉悅的動作，切割著蛋黃包烤蘆筍。

「喂，你說說話嘛，學校還沒開學嗎？」

對著矮樹叢打開的玻璃門，黑色的門框極具古典風味。烤起司散發出濃郁的香味。

「大學後天開學。」

透回答。只是一件簡單的T恤配上牛仔褲，卻有一種豐潤華麗的感覺，透看著詩史的側臉。白酒冰冰的，口中的液體讓人感到精神緊繃。

透覺得自己很幸福，只是這樣就覺得幸福至極。

「我看了遠藤周作呦！」

透開始談起《沈默》這本書，接著又談了《白人》。詩史稍微歪著頭，沒有停下進餐的手，一邊聽著。

「眞的很好看。他是個很善於掌握運用文體的作家，我現在在看《武士》。」

兩人分吃完簡單的番茄義大利麵之後，主菜的肉類料理由透一個人解決。

和詩史在一起的時候，時間的流動彷如蜜汁般甜蜜而緩慢。

詩史談起卡里耶（Jean-Claude Carriere）的戲劇。還說前些時候，和「店裡的女孩子們」一起去看。

會話中斷的時候，透喝紅茶，詩史喝義式濃縮咖啡。

「不能一起生活，但要一起活下去，我決定接受這個條件了。」

透盡可能悠悠緩緩地，希望能言盡其意、小心翼翼地說。詩史旋即揚起眉毛。

「我才沒有提出什麼條件呢！」

「對不起。」

透面帶微笑地道歉。內心暗忖，對我來說這跟條件一樣。是要接受這個條件？還是要放棄詩史？只能二選一。

「對了，我想到一個好主意。」

「什麼好主意？」

詩史反問，單手拿起義式濃縮咖啡湊近嘴邊，伸出另一隻手，想從菸盒裡抽出一根菸。透拿起菸盒，抽出一根菸遞給她：

「希望妳能讓我在妳的店裡上班。」

語畢。詩史彷彿忘了手上還拿著杯子和香菸，靜止定格般地凝視著透。

19

星期天，耕二一早就陪由利打網球，在吉祥寺請她吃早餐之後，由利說她想買CD，接著又陪她去唱片行。

在旁人的眼裡，看起來像是一對感情很好的情侶在約會，但由利的心情壞透了。雖然沒有挑明說出來，但原因是吉田。與其說是在生吉田的氣，其實更讓她抓狂的是，面對吉田那種挑釁的態度，耕二竟然束手無策。

「你應該早點跟我說啊！」

在陽光充足的西餐廳吃著乾炒咖哩飯，由利這麼說。

「譬如說在同學會遇到個花癡，一直纏著你、讓你很困擾。在你打工的地方碰到之前，你早跟我說就沒事了！」

之前已經道歉了十次，耕二又說了一聲「對不起」。不過，說幾遍都不會有所改變。

為了新婚不久就吵得天翻地覆、好不容易言歸於好的兄嫂舉行家庭聚餐，耕二決定帶由利一起去。由利很喜歡參加家庭聚會，今天早上一見面馬上就邀請她，但她沒有立刻做出回覆。

「我去適合嗎？」由利一臉不高興。

後來耕二跟她說，他想讓家人知道由利是他最重要的女人，希望她跟家人能夠親近一點，他是很認眞在考慮由利的事，希望由利能夠相信。如果她相信的話，希望她靜靜地跟他去。

乾炒咖哩飯有一種粗製糖果點心的味道。

「由利，」耕二說，和由利四目相交。「相信我，我跟她眞的一點關係都沒有。」

由利不發一語，定睛凝視著耕二。她有著鼓鼓的臉頰，看起來意志堅強的雙眼皮；身穿白色圓領的上衣配上一條牛仔褲，斜背著一個小包包，就這樣背著吃飯。

那時吉田說：「我就聽你的話回去。」為什麼她非得這樣講話呢？耕二眞的搞不懂。跟由利的感情發展得很順利，無緣無故地——儘管有厚子這個舊傷——遭到懷疑，眞是飛來橫禍啊！

「那傢伙我一定會擺平她，不會給妳惹麻煩的。」

由利點點頭，接著露出一個同情、體恤的笑容。耕二覺得自己得救了。

母親無依無靠。那時她很誇張的大嘆一口氣說，你最好適可而止！她根本只是在玩弄你而已！

透不想把自己和詩史的關係向母親說明，反正說了，她也不可能會懂。

當透說出「希望妳能讓我在妳的店裡上班」，詩史大吃一驚。很明顯的，一副萬萬沒想到他會這麼說的訝異表情。

「這麼一來，我們就可以一直在一起。去海外買東西的時候，也可以兩人一起去。」

透說得很慢，希望詩史能把他說的每一件事都好好想像一下。

「這麼一來，我們不用生活在一起，也能一起活下去了。」

透和詩史，在青山一家詩史極爲喜愛的義大利餐館裡，此時剛好用完餐。大大的窗戶敞開著，夏末的雨，彷彿要讓市街冷靜下來似的，靜靜地落著。

透說完話之後，詩史依然靜默不語。店裡人很多，服務生忙碌不堪地勤快幹活。

「這種事眞的辦得到嗎？」

過了片刻，詩史說。這話的口吻，聽起來與其說是在質問透，更像是在對自己說。詩史目不轉睛地看著透，拿在手上的香菸，一直沒有點火。

「當然辦得到啊！」透微笑說。

「眞的嗎？」詩史問。

透爲了讓詩史安心似地回答：

「眞的！」

接下來的一個小時，是幸福到難以置信的時光。計畫著所有要去的地方。

詩史的反應，超乎透的期待之上。

「這個主意眞是棒透了。」詩史好幾次這麼說。不過在空檔和空檔之間，也會夾雜著：「不過，這種事眞的辦得到嗎？」這時透就以「當然辦得到」來回應她，非得讓她安心不可。

「是啊，一定辦得到。」最後詩史這麼說，「不可能辦不到。」

接著，她一副這裡怎麼會有這種東西的表情，把冷掉的義式濃縮咖啡推到一旁，凝視著透。

「你想到的這個辦法眞好。」

詩史微笑——微笑裡帶著些許寂寞的陰霾，透並沒有看漏，不過反正——

「這樣至少在工作上，今後好幾年、好幾年，我都可以跟你在一起。」

詩史說。這樣至少在工作上，今後好幾年、好幾年——

走出店外，外頭依然下著雨。透一如往常地和一萬圓鈔票一起被推進計程車裡，但他覺得很滿足。和詩史發生關係以來，這是第一次似乎看見了「未來」。

「可是，陽子會怎麼說呢？」

道別的時候，詩史突然說出這句話，透多少覺得有點恐懼。但在度過如幸福洪水般的一小時之後，透現在絲毫不感到恐懼。

「妳會在意嗎？」他從容有餘地問。

將雙手放在計程車頂、看著車內的詩史歪著頭沈思，過了半晌，回答：

「不。不，我不在意。」

這是個相當特別的瞬間，帶著共犯者意味的交感神經千眞萬確地在兩人之間來回奔竄。這是愛情和信賴和同感，一起迸出璀璨火花、濃郁香甜的瞬間。

車門關上，計程車揚長而去。透靠坐在後座，閉上眼睛，呼吸。世上，再也沒有比這裡更美好的地方。

「你也稍微清醒一下！」

母親爲了保持冷靜，使得她憤怒的聲音更爲激昂。

「我眞是受不了你！」

此時母親穿著睡衣、披著一件晨袍正在吃早餐，氣到吃不下；過了一會兒站起來，把餐具拿去廚房洗。吃剩的塗了奶油起司的培果，就這樣倒入廚餘碎屑處理機，刺耳的機器聲響遍整個廚房。

「我已經把你當作大人看了。」

背對著透，母親小聲地說。

「所以從來不過問你的交友關係。不過，這跟就業是兩回事吧？眞是的，我還以爲你想說什麼呢。」

這只是牢騷話。透告訴母親要去詩史的店工作，而母親的這段話不是在回答透，只是在發牢騷。透是這麼解讀的。

「這話是老子該說的吧！」

透用「老子」來稱呼自己，只有對母親發飆的時候。

「把事情混爲一談的人是妳吧！老子不是在跟妳談交友關係的事，只是跟妳說我的工作已經敲定了！」

母親回過頭來，眉宇間帶著怒氣。可能是沒化粧的關係，臉色顯得很難看。

「隨便你，你自己好好想清楚吧！」

她有擦濃烈香水就寢的習慣，所以早上總帶著一股慵懶甜膩的味道。對今早的透而言，那股味道像在散發怒氣似的。

「還有，如果你一定要去那裡工作的話，就搬出這個家。」

母親冷冷地說。

耕二坐在校園的長凳上，眺望著學生們。由於這所大學很大，在校園裡走的都是一些從未看過的人。在終於變得涼爽清澄明亮的空氣中，學生們看起來都天眞無邪，卻也顯得沒大腦。今天下午有研究討論課，課後要去見從烹飪教室回來的喜美子。

對最近的耕二而言，和喜美子在一起是他最能放鬆的時間。當然，喜美子並非沒有缺點。她非常情緒化，而且要配合她的時間——才藝教室下課之後——才能見得到她。她已經閉口不再叫耕二帶手機，也不會說要拿錢給他了。不過有一些怪癖眞的改不掉，前些時候才又送了一條手帕給他。

「手帕的話，沒關係吧？」

用帶刺的口吻這麼說。那是一條 Ralph Lauren 的藍色手帕。

喜美子好像認爲耕二有女朋友是理所當然的事。她大概也很清楚兩人的關係對彼此而言，只不過是各取所需的情欲關係。不需要在本質性的部分撒謊，是件極爲輕鬆愉快的事。

九月。

研究討論課的教授非常欣賞耕二。如果學校是人生的全部，就沒有什麼困難的事了。

耕二站起來，在彷若歐洲教會般的講堂裡——這是一棟刻畫著七〇年代歷史的羅馬式建築，校長相當引以爲傲——抬頭往上看。將手插進牛仔褲的後袋，確認這兩、三天帶在身上的紙還在褲袋裡，那是同學會發的通訊錄。吉田從那之後就沒有再出現過，取而代之的是打電話去耕二的公寓，在電話答錄機裡留言。

「上次跟你談的事，時間敲定了跟我聯絡一下。雖然我說只要一次就好，可是你要像普通約會那樣邀請我呦！就醬囉，拜託囉。」

話語好像含在嘴巴裡似的，口齒不清，而且錄音的時候彷彿故意壓低聲音。最後那句好像故意搞笑說的「就醬囉，拜託囉」殘留在耳際。現在也依然殘留著。

傍晚時分。

耕二的房裡，喜美子今天也大膽奔放。她說，所謂肉體的歡愉，我到這個年紀之前一無所知。

六點鐘，四周已經暗下來了。

「喜美子，妳眞的好棒哦！」

耕二端詳裸著身體在床上喝紅茶的喜美子，由衷地說。

「跟妳做愛，太過大膽豪放反而覺得很乾淨。」

喜美子隔著紅茶杯，瞇起眼睛笑了笑。

「這是跟誰比較呢？」

骨頭突起的手腕，戴著耕二之前送她的金手鍊。

「妳一直都戴著這個？」

耕二這麼一問，喜美子說：

「這個？」揮動她的手腕。「對啊，我一直都戴著啊。睡覺的時候也戴，洗澡的時候也戴。」

耕二沒有感到不悅，連自己都覺得意外。不僅如此，看著這樣就心滿意足的喜美子，覺得她很惹人憐愛。

「下個月有個舞蹈發表會，你要不要來看？」

喜美子穿上婆婆買來送她的鮮黃色女用襯衫，詢問耕二。

「下個月？好啊，哪一天？」

雖然沒什麼興趣，卻也如此脫口而出。喜美子大吃一驚，抬起臉問：

「眞的假的？你眞的要來看？」

接著又說：

「今天是敬老重陽節嗎？」

連這種冷笑話都搬出來了。

抓狂。

然而，萬萬沒想到兩天後就和喜美子分手了。原因很單純，喜美子徹底失控、

這是個晴朗清爽的午後。喜美子打電話來，說她現在人就在附近，立刻想見耕二。不曉得她出了什麼事，在電話裡已經含淚欲哭。此時，耕二和由利在房裡。

「不好意思，現在不太方便。」

耕二這麼說，但喜美子不肯退讓。

「求求你！」

她用十分眞切懇求的語調說。

「眞的不行啦。」

耕二笑著回答，但他不認爲自己笑得很自然，因爲內心已經冷汗直飆。

喜美子抽噎啜泣，哭得很可憐的樣子。但耕二就這樣把電話掛了。

「誰啊？」

由利把看到一半的梅格萊恩（Meg Ryan）錄影帶按「暫停」，問耕二。

「打工的同事。」耕二回答，「突然有人缺勤叫我過去代班。」

隨後裝瘋賣傻加了一些說明，但他知道由利已經起疑。

喜美子說她人在附近，總覺得她馬上就會來敲門。耕二不認爲喜美子會這樣乖乖地就回去。

「我們出門吧！」

明知這麼做會加深由利的懷疑，但總比讓她們在這裡碰頭好得多。耕二慌亂到連自己都覺得很沒種。

「這種電影無聊死了，外面天氣又好，我們出去走走吧。」

由利看了耕二一眼，簡短地回了一句：

「不要！我絕對不去！」

耕二一時性急，將雙手插入由利的雙腋，想讓她站起來。

「拜託啦！」

但由利就是頑強得不肯動。

「這麼想出門的話，你自己一個人去，我要在這裡等。」

耕二終於發飆：「等什麼？」

由利對抓狂怒吼的耕二投以輕蔑的眼神。

「當然是等你啊，還能等誰？」

眞的已經束手無策。由利一副打死都不肯動的樣子。

「隨便妳！」

耕二撂下這句話。心想：算了！豁出去了！

但是，喜美子並沒有出現。

在坐立難安的氣氛中看完錄影帶，看完的同時由利也要走了。耕二接下來要去打工，邀她一起走到半路，但由利說她要一個人回去，就眞的這樣走了。

翌晨，耕二被喜美子的電話吵醒，說要跟耕二分手，再也不想見到耕二。

20

甩人的一定是我，這是耕二的信念。不過甩人這件事，通常只有痛楚，別無其他。耕二仰躺在自己的床上，從敞開的窗戶飄進一股住宅區特有的白天味道，讓人覺得煩躁不堪。

第一次聽到喜美子啜泣的聲音。究竟發生了什麼事呢？

我不想再見到你了！

她在第二通電話裡這麼說。這時她已經沒有在哭，一如往常的喜美子，說起話來極具攻擊性。還罵耕二悶不吭聲、什麼都不回答，實在太卑劣了！到了最後還這麼自私！

耕二認爲，她說的沒錯。本來就是這樣，有什麼辦法呢。他覺得應該認爲這樣剛剛好，反正早已決定要甩掉她，剛好省掉甩人的麻煩，而且實際上是自己不要她的。

人家好擔心哦。

耕二想起，有一次他只是沒接電話，喜美子眞的整個臉都綠了；還有說「我愛你」的喜美子；說「野獸啊」的喜美子；在床上，心情好得像個小孩笑個不停的喜美子；硬說自己是個好主婦的喜美子；發起飆來讓人無法應付，彷彿整個人變成憎惡仇恨的化身撲過來的喜美子。

這樣剛剛好，應該這麼想才對。耕二起身，把曬乾的毛巾被收下來。往下一看，看到騎著附有輔助輪腳踏車的小孩，和提著超市袋子的母親亦步亦趨地走著。自私，喜美子說。可是既然不能爲喜美子的人生負責的話，再說其他也沒有用不是嗎？

耕二突然覺得自己的公寓狹窄窒息，彷彿孤立無援般地，感到一種毫無來由的畏懼感。髒兮兮的菸灰缸，被太陽曬得暖烘烘的毛巾被，眼前的一切都讓他感到厭煩。

想找個傢伙喝酒，耕二打電話給橋本。橋本說傍晚有約會，如果是現在的話沒問題。想不出其他大白天能喝酒的地方，耕二下午和橋本跑去卡拉ＯＫ店，唱的歌是橋本的兩倍，喝的酒也是橋本的兩倍。偏偏，一點醉意都沒有。

於是，從這天開始，人生成了耕二行動能力以外的東西。

正午時分。代官山這個地區人雖然很多，但仍有一種悠閒的氣氛。把桌子、椅子搬到小小的廣場上，在這種露天風情的咖啡館吃著三明治，透想著詩史的美。他覺得詩史比這裡的任何人都美。最近一直都這樣，今天也感到一種絢爛、璀璨的幸福感。借用詩史的話說，「這不是因爲我們見了面，而是因爲我們一起活著」。透感到獲得了嶄新的時間。嶄新的時間，以一種特別的方式流動著，宛如美麗動人全力湧出的泉水。也因此，透每天都過得神采奕奕。爲了和詩史奔向「未來」，有好多事非做不可。由於他不打算說服母親，首先需要獨立生活的資金。他試著多兼幾個家教，但是光靠這個當然不夠。雖然有想過向詩史開口的話，她一定會借錢給自己，但他不想這麼做。最後恐怕得去拜託父親資助吧。不過在那之前，盡可能想自己多存點錢。

「法文系的話，應該會說法文吧？」

詩史一邊喝著碳酸水，一邊問。透老實地回答：

「不會。」

陽光太強，眼睛瞇成一條線。然而這一剎那，他已經下定決心要把法文學好，於是他接著說：

「我會把它學好的！」

他覺得這是小事一樁。只要詩史希望的話，他可以練到像法國人說法文一樣純熟。詩史覺得很可笑地笑了笑。

「不用這麼逞強啦，我也不會說啊。」

今天的詩史擦著紅色口紅。

「今天天氣眞的好好哦——」

抬頭看看旁邊的樹，一副心情眞的很好的樣子。

一個小時前，透和詩史，在詩史的店裡碰頭。店裡一如往常十分安靜，也一如往常飄著一股香味，「女孩子們」勤奮工作著。

「我馬上就能出去了，稍等一下。」

詩史在櫃台裡和其中一個女孩子看著粘合劑，不曉得在說什麼。客人大多是年紀比較大的女性，在店裡面走走看看，高跟鞋踩得地板喀喀作響。

「很像圖書館吧。」

將工作分配好之後，詩史終於走過來小聲地說，幾乎是在透的耳朵裡講。

「天氣好的時候待在這裡，每次都覺得這裡好像圖書館哦。」

「嗯，沒錯。」透也頗有同感，「有點暗暗的，陰陰冷冷的，還有一股獨特的味道。」

接著兩人走出店外。

「對啊，外頭明明很明亮，感覺愉悅舒暢，還有行道樹隨風搖曳呢。」

「可是，」詩史凝視著透說，「可是圖書館裡有很多書吧？每一本書都有它的世界，外面的世界沒有的東西，都塞得滿滿的，在圖書館裡。」

很開心的，甚至有點得意地下了這個結論。這還是透第一次聽詩史這樣談論自己的工作和店面。

「我很喜歡圖書館哦！」

透不曉得如何回答，姑且先這樣回應一下。詩史聽了微微一笑，邊走邊拿出太陽眼鏡戴上，然後說：

「我早就知道了。」

三明治頗有份量，詩史吃剩一半，透吃得清潔溜溜。

對耕二而言，一回神，季節已經入秋，而且急速地進入深秋，氣溫驟然下降。和喜美子不見，也不過大約十天而已。

將自己和喜美子的一切封印在意識裡不讓它出來，日子就這樣過去。

由利很明顯地表現出冷淡疏離感，然而約會還是像平常一樣——正確地說，應該比平常更頻繁——持續著。上星期教她打撞球，星期天又陪她去她喜歡的麵包蛋糕店。

儘管如此，圍繞著喜美子的記憶，依然緊纏著耕二不放。連抱著由利的時候——其實抱著由利的時候更爲強烈——總會想起喜美子。

自己也覺得很詭譎，與其說失去了喜美子，感覺更像失去了自己。而且更討厭的是，這是和厚子分手時，就已經下定決心絕不再品嚐的痛苦滋味。

倘若耕二有什麼唯一恐懼的事，那就是「粗心大意」這種行爲。對年紀大的女人，一個不留神就失去警戒心。特別是對無法屬於自己的女人，也就因爲無法變成自己的，所以更爲大意——

「開香檳來喝吧！」

聽到母親的聲音，耕二又回到現實。他是回家來扮演「調皮弟弟」的角色。在母親的催促下，耕二把香檳酒開出盛大的泡泡，酒都流出來了。因爲由利說她不想來，今晚耕二獨自一人在這裡。放了松茸的土瓶蒸和壽喜燒是今晚的主菜，飯後甜膩膩的牛奶點心是早紀做的。

母親顯得笑容滿面、和藹可親，但是在場的人都知道，這次大哥夫妻吵架的糾紛，母親憤怒的矛頭不是指向大哥，而是早紀。雖然事不關己，但耕二認爲是大哥的錯。

吃完飯後，大夥兒轉移陣地到客廳喝咖啡。父親將七本就業考試之前必須讀的書交給耕二，主要是與海外貿易相關的書。

「要念書啊？」祖母溫文爾雅地問。「那我把窗戶打開呦。」

看得出籠罩在室內的壽喜燒濃烈的臭氣，經過窗戶向外流竄。院子裡的樹木像是一幢幢黑鬱的深影。

耕二想起喜美子。喜美子在婆家大概也是這樣吧？和耕二的事發生之後，更是如此——。

由於今天是早紀的生日，爸媽送她一件橘色毛衣。早紀把它拿在身上比比看，母親說，很適合、很好看。「對不對啊？阿隆，很好看吧。」耕二有點恍神地看著櫥櫃。櫥櫃的玻璃窗上，映著站著的母親的腳，還有坐著在比試毛衣的早紀。聽見大哥回了一聲「嗯」，這時耕二不知怎地，覺得早紀和隆志都像個白癡似的，感覺這一切無聊透了。

十月。

由利有了異樣。用「異樣」來形容不曉得適不適當，收起冷淡、疏遠的態度，變得非常積極主動，還會經常突然跑來打工的地方。這是無所謂啦，只是有點煩。吉田，結果也沒有再聯絡。一則根本沒有那個心情，再則也淡淡地希望能這樣逐漸拉遠距離。吉田並不愚蠢，她應該知道耕二的心思吧。

眼前，由利用手托著腮，說好久沒有去迪士尼樂園玩了，所以上次耕二家的餐會，後來還是去不了，又說耕二穿這裡的制服真的很帥。

明天有喜美子的舞蹈發表會。雖然不打算去見她，不過只是遠遠地看著應該無所謂。耕二想看看喜美子。

菲比絲諾（Phoebe Snow）的「Don't let me down」，酒吧如果播放這首歌，詩史就會小聲地跟著哼唱。一次偶然的機會在唱片行買到這張ＣＤ，透現在一邊聽著，一邊喝著即溶咖啡。

已經決定過不久就要搬出去了，和母親兩人生活的這棟房子，現在看起來和以往不同。根本極少下廚做菜，廚具竟然一應俱全的廚房；爲了不讓人弄髒客廳，客廳永遠整理得乾乾淨淨；皮革有些地方已經逐漸變薄，可是卻熟悉了透和母親身體形狀的沙發；陽台的裂痕；「爲了懶惰洗衣服也沒關係」，架子上儲存了一大堆浴巾。

自己現在還住在這裡，卻對這一切已經開始懷念起來，眞的很有意思。

Don't let me down, Don't let me down.

菲比絲諾唱著歌。

Don't you know it's gonna last. It's a love that'll last forever.

幾天前由利打電話來的事，透有點猶豫到底該不該告訴耕二。猶豫是猶豫，不過談的也不是什麼大不了的事，如果什麼都一一告訴耕二，感覺好像小孩子在打小報告似的；而且老實說，他覺得根本無所謂，結果也就沒和耕二聯絡。

由利的聲音低沈，好像要說什麼重大事情似的，談起遙遠的從前——透覺得很久了——在高中周邊散步的事，還跟他說謝謝，好像在炒冷飯似地說個不停。

「你記得吉田這個人嗎？」然後突然這麼問，「同學會那天，你也有見到她吧？」

透回答說：有啊。接著數秒鐘的沈默。

「她是個怎麼樣的人？」

沈默，又來了。

被問的透感到困惑，連由利自己發問的人也感到困惑。

「對不起，問你這種怪問題。」說得有點不好意思。接著突然用打哈哈的口吻說：「耕二最近很可疑呦！」說完還笑一笑。

「可疑？」

透反問，但由利沒有解釋，逕自說下去。

「耕二有沒有跟你提起她的事？啊，這樣問你，你可能也不會告訴我吧。」

「他什麼都沒有跟我說啊！」

透只能這樣回答。他想起那個炎熱的日子，耕二明明不在那裡，但由利走在耕二曾經走過的路上，看著耕二曾經買過麵包的麵包店，眼睛閃閃發亮的樣子。他差點——差點就說出「我勸妳還是不要期待耕二有什麼誠意，他那個人不壞，只是沒有認眞的愛過誰」。

「妳這麼擔心啊？」

透這麼一問，由利毫不遲疑，立刻回答：

「擔心！」

這種回答實在太過乾脆直接，透不禁微微地笑了笑，覺得她眞的很可愛。接著，又意識到這種可愛對自己毫無魅力可言，而感到強烈的驕傲。

人們竟然會爲「可愛」就墜入情網，也實在太謙虛了吧。

這是個舉行運動會的絕佳天氣。

在有樂町的十字路口等紅綠燈的時候，耕二仰望天空這麼想著。在這個季節裡，每年一定有幾天天氣好到讓人想起運動會，秋高氣爽、風和日麗。耕二很喜歡運動會，不過這不是因爲他運動很拿手的關係，而是因爲天空的關係。今天的天空和其他的日子不同，有著截然不同的青藍。

一回神，心想：我在做什麼呢？

扔掉菸蒂，將它踩熄，耕二穿越十字路口。

喜美子說，她已經學了七年民俗歌舞，只要一跳起舞來，就覺得平常被壓抑、緊閉的心情都能得到解脫。

服務台在賣「當日票」。業餘的發表會竟然也要買票，實在令人大感意外。耕二買了票，穿過走廊，來到一個小小的、華麗雅緻的表演廳。推開貼有膠墊的門進到裡面一看，四、五個打扮得漂漂亮亮的小孩跑來跑去。

走在樓梯狀的走道上尋找座位，在隔著幾乎都是空位的另一邊走道上，發現喜美子。她和三個女人站著聊天。耕二心想，只要不去後台看她，就不會見到面。然而演出者怎麼會在觀眾席呢？

耕二佇立在那兒，目不轉睛地看著喜美子，眼睛眨都不眨一下。看著喜美子以平靜的表情說笑笑，覺得很奇妙。

很想把喜美子帶走。

去那些老地方，無論是自己的公寓，還是便宜低俗的賓館，只要能讓喜美子露出素顏的地方都好。耕二很想把喜美子帶走。

這樣眺望著，究竟看了多久呢？一、兩分鐘？或許更短的時間也說不定。於是，喜美子看見了耕二。

喜美子臉上閃過的不是驚訝，而是憤怒，可以說幾乎到了憎惡的地步，無可撼動的憤怒。

之後，喜美子若無其事般地繼續說說笑笑，看都不看耕二一眼。完全漠視！

耕二無法繼續待在這裡。找到了門，快速而不爽地推開膠墊走到外面。儘管到了外面，步調也沒有慢下來，繼續飛快向前走。外頭依然是秋高氣爽的美麗藍天，但耕二沒有心情欣賞。徹底地，悽慘落魄。

21

「你在看哪裡？」

由利咕嚕咕嚕地喝著寶特瓶裝的清涼飲料，然後問耕二。十月的代代木公園，葉子才剛開始轉黃，葉面還留著點點斑綠，卻也發出乾糙的聲音隨風搖曳。秋天的空氣有一種近似蘋果的味道。

「天空。」

耕二回答。由於不是坐在凳子上，直接坐在草地上，地面的濕氣透過牛仔褲傳上來。晴空蔚藍。

「那我改變問題。你在想什麼？」

由利在身旁這麼問，靠在耕二的肩上。

「沒有想什麼啊。」

玩遙控飛機的男人；蹲下來不曉得在撿什麼，邊走邊撿的幼兒和他的母親；聽著錄音帶傳出的陳腐音樂在練習舞蹈的高中團體。公園裡有各式各樣的人。

「耕二，你喜歡我嗎？」

由利突然這麼問。耕二有點嚇到，看著由利的臉說：「當然，我當然喜歡妳啊。」這是眞的。大概。

「總覺得，好閒哦！」

耕二改變姿勢仰躺下來，雙手枕在頭下，如此說。課變少了，打工也要傍晚才開始，剛好由利也很閒，隨時都可以約會。一般說來，這或許就是普通的學生生活。

雖然覺得自己有點臭美，但耕二萬萬沒想到，竟然會遭到喜美子的漠視。無論如何，喜美子都做得太過分。這使得耕二悶悶不樂。

他想看看喜美子跳舞的樣子。

對喜美子的興趣根本毫不關心。不過，卻想看看她跳舞的樣子。而且連票都買了，既然已經不能見面，最後好好地看她一眼也好。她那種個性，跳起舞來一定很熱情。

從涉谷方向的出口走出公園，天橋上到處可見噴漆的塗鴉。

透用火腿和起司做三明治，用吐司夾起來配上冰牛奶，已經快要中午才在吃早餐，回想著昨晚奇妙的會面。

秋陽照進屋裡顯得清朗明亮，彷彿被煙霧籠罩般的窗外遠方，可以看見東京鐵塔。

「我覺得找個時間好好把你介紹給淺野認識比較好。」

因爲詩史這麼說，昨天傍晚三個人在「芙拉妮」喝酒。淺野稍微來得有點晚，點了一杯琴湯尼，和詩史喝的伏特加湯尼，看起來有點相似。

「不好意思，我來晚了。」

淺野脫下外衣交給服務生，坐上凳子之後開始捲起襯衫的袖子。左手的手腕上，戴著和詩史一樣的勞力士錶。

三人舉杯、碰杯。透的啤酒早已少了一半，爲了配合大家的步調，稍微沾個嘴就把杯子放回去。

「聽說你在店裡幫忙？」

淺野省略開場白，直接切入主題。

「是啊。」

透回答，看著詩史。詩史身體依然前傾，笑盈盈地說：

「他可是我得力右手的候補人選哦！」

淺野和詩史像一雙非常登對的夫妻，無論是年齡、服裝，還是講話的聲調，都像一對沒有小孩的有錢夫妻。

「她在工作上可是相當嚴格的哦！」

淺野用一種頗有深度、從喉嚨深處巧妙帶笑的聲調說。

「哎，你就好好加油吧。」

隨後又從容不迫地補上這一句。然而透，極爲沈著穩定地坐著。對淺野從容不迫的風采和態度，覺得十分滑稽可笑。因爲自己和詩史一起活著，兩人共謀著，讓事情朝圓滿周到的方向前進。淺野只不過是被捲進來而已。

儘管淺野以極其自然的動作爲妻子點菸，詩史也以極其自然的神情談著只有夫妻倆知道的事——譬如送了什麼禮物給誰祝賀，或是昨天晚上誰打電話來之類的。

會面只有短短的三十分鐘。

「再見囉，改天再好好聊一聊。」

淺野說。用信用卡支付帳單後，帶著詩史一起離開。透突然覺得眼前的啤酒令人厭惡到了極點，因爲是淺野付錢的啤酒。

「我再打電話給你。」

詩史說，然後和淺野一同離去。可能去某家餐廳吧。

透收拾三明治的盤子，努力想整理昨晚的記憶。爲了兩人的未來，這只不過是周全的準備工作之一。

電話響起，透告訴自己不可能是詩史打來的，接起話筒。這麼做已經變成一種習慣。結果是耕二打來的。

「你現在有空嗎？」耕二劈頭就這麼說，「我現在跟由利在一起，有空的話過來一下。」

「你們在哪裡？」

耕二回答，涉谷。還補上一句，我很閒。耕二原本想在大白天去賓館做愛，但由利說她討厭賓館而拒絕了，這種事情耕二當然沒有說出來。由利說如果去耕二的住處她就願意，但光只是搭個電車就要花一個多小時，所以就放棄了。

「你很閒？這還眞稀奇啊！」透說。

耕二也有提議，如果去透家也好，但透嫌麻煩，於是答應耕二過去找他們。就這樣，三十分鐘後，透來到涉谷。

在忠犬八公像前這種愚蠢可笑的地方，四周都是一些看起來一個模子印出來的年輕小伙子，透站在這裡覺得很丟臉。終於在雜沓的人群中，見到耕二和由利。

「剛好三十分鐘。住在市中心的少爺眞好啊。」

耕二說。透看得出來，耕二和由利很習慣這個嘈雜喧騰的地方，跟周遭的年輕小伙子們根本沒什麼兩樣。

「看起來不錯嘛！」

透用這句話起頭打招呼。雖然由利看起來沒什麼精神，不過也非得這麼說不可。

「你有在找工作嗎？」

耕二的招呼語卻是這句話。透回答說：沒有。

「你是想怎樣！」

耕二眞的大吃一驚。透想起在便利商店的雜誌販賣區，耕二曾經對他說教，叫他應該去念國立大學的事。

「不用你管啦！」

透微笑地說。在耕二的眼裡，自己一定是個莫名其妙的人。耕二可能非常努力在找工作，也或許已經有了方向——自己心中的事就別提了——也已經找到了。

「我已經很久沒有在這種時候來涉谷了。」

透說，抬頭看著大型電子看板上的廣告。

打了一小時的撞球，逛了一小時的街。逛CD店，在星巴克喝冰咖啡。經過運動用品店的時候，耕二用極度嚮往的口吻說：

「啊——好想去滑雪哦！」

這一切對透而言，都是非常遙遠世界的事。接著，他想起很久沒有見到詩史了。昨夜和今天相隔了幾萬年。

「如果你今天有空，晚上也陪我一下吧。」

在星巴克，由利去化粧室的時候，耕二這麼說。

「打工呢？」

「我會請病假。」

趁著由利不在的時候說，就是不想讓由利知道吧。

「抱歉，我今天有家教。」

耕二說：你也請病假嘛。透覺得眞是夠了。

「爲什麼？」

耕二直直地瞪著透說：好吧，我知道了！

「你知道什麼？」

「你是個冷酷無情的人！」

透想反駁的時候，偏偏由利回來了，只好閉嘴不說。

居然會請病假不去打工而想談事情，實在不像耕二的作風。反正一定是跟女人有關的事。透本來想跟他說，如果他願意等到家教上完他就過來聽他說，但卻沒有機會說出口。於是，只在道別的時候說：

「今晚我再打電話給你。」

耕二應了一聲「好」，隨即和由利進入剪票口。

搞什麼嘛，運氣實在太背了。先是被心情不好的由利拒絕去賓館，接著對好友發出ＳＯＳ——就耕二而言，這已經是ＳＯＳ了。他不想跟女人說，也不想跟橋本說，只想跟透說話——可是也被一腳踢回。加上喜美子在腦海裡揮之不去，但是因爲對喜美子舊情難忘而打電話給她，這種事萬萬不可行。

舊情難忘——耕二自己都被這個詞兒嚇到。換句話說，自己怕因爲舊情難忘而和喜美子聯絡。總之，這時身邊一定要有人才行，由利也好、透也好，要製造出無法打電話的狀況。

結果，耕二決定去打工。在更衣室抽菸，心裡想著喜美子。那一天，喜美子含淚打電話來，他很後悔沒有聽她說。不是因爲結果變成這樣的緣故，而是單純覺得心疼。那時即使放著由利在屋裡等，也應該去外面見她、聽她說話。

喜美子孤零零一個人。

雖然是有老公的女人，但耕二確信喜美子非常孤單。他很氣自己，以前竟然沒有察覺到。其實和耕二見面時的每一分每一秒，喜美子依然是孤單一個人。

在連續的敲門聲之後，門被打開了，一位打工同事探頭進來。

「耕二，有人找你！」

更粗心大意的是，剛才還想從更衣室打電話給喜美子呢。自己和喜美子之所以會那麼互相吸引，是因爲彼此都是孤單一個人。無論是有丈夫、還是有由利，兩人都抱著無可塡補的孤獨。現在耕二已經會這麼想了，所以想立刻見到喜美子，就算被責備，也無所謂。懷念喜美子的溫度，皮膚的溫度，還有感情的溫度。

進到大廳一看，吉田站在收銀台的旁邊。看到耕二沒有露出齜牙咧嘴的笑，而是帶著一種陰濕——耕二這麼認爲——一副鑽牛角尖、想不開的表情。黑黑的娃娃頭，幾乎剪到像剛收割完的稻根一樣短。

「這是什麼頭啊！」

耕二不愼脫口而出。吉田本來就過於削瘦，現在又剪了一個超短髮，看起來更讓人覺得心疼。

「還不都是你害的！」

吉田說，入店傳票也沒拿就跑到吧台坐下。

「我還以爲你會打電話給我……」

她氣呼呼、嘀嘀咕咕地說，說著說著眼眶泛滿了淚水，頭一低，眼淚就一滴一滴落在膝蓋上。由於事情來得太突然，耕二無法掌握狀況。

「妳不要這樣啦，好像我把妳惹哭的。」

吉田低頭繼續啜泣，用潮濕卻有力的聲音說：

「本來就是！」接著又說：「我一直在等。因爲我答應你了，所以我也乖乖的都沒有再來這裡，也沒有去你的公寓找你，一直在等你的電話。」

吸了一口好大的鼻涕。頭一抬起來，兩隻眼睛濕濕的，鼻子變得紅通通。耕二有點不忍。

「跟我做一次有什麼關係？反正你做了一大堆不是嗎？」

耕二搞不懂，究竟爲什麼要被她這樣講？既無奈又束手無策。

「妳這麼講不合理吧。」

耕二希望能喚起她的理性，盡可能用溫柔的語氣跟她說。

「爲什麼我們必須做一次或是做什麼呢？還有，妳到底爲什麼會這麼想呢？實在太沒道理了。」

吉田歪著頭問：

「如果有道理，你就願意跟我上床？」

「問題不在這裡吧！」

原本想先哄哄她，於是用溫柔的口氣跟她說話，現在想想覺得荒謬又可笑。

「不過，算了。把那個約定忘了吧，反正我離家出走了。」

耕二啞口無言。吉田的鼻子依然紅通通的，淚痕也尚未褪去，卻齜牙咧嘴地笑了起來。

下午一點。吉田在耕二的房裡，喝著越剩越少的「由利用」紅茶。

「那個約定已經取消了，請把我當成普通的室友，敢對我毛手毛腳我會踢你哦！」吉田竟然這麼說。

從原本寄放在新宿車站寄物櫃的大型旅行用提袋裡拿出睡衣穿上，接著把鬧鐘也拿出來調好時間。

「那個約定取消了，不過取而代之的是讓我在這裡住一天，我不會給你惹麻煩的。」吉田不害臊地說。

「妳給我惹的麻煩已經夠多了，我才不相信妳呢……」

最後說得有點喃喃自語。

「絕對只有今天而已哦！」

耕二這麼一說，吉田臉上霎時閃過有點爲難的表情，「我知道啦。」但還是這麼回答，過了一會兒問：

「我可以借個電話嗎？」

「可以啊，不過很晚了哦！」

耕二自己聽了透在電話答錄機裡的留言——抱歉，今天沒辦法陪你，明天或是後天都可以，最近找個時間再好好喝一頓吧。打電話給我——覺得不方便回電，也就沒打了。

沒想到事情會變成這樣。耕二心想，雖然是意想不到的發展，如果讓令人畏懼的吉田住個一晚，她就願意放他一馬，當然是值得喝采的大好機會。況且同學會那晚她已經在這裡住過一晚，像今天這種情況，一次、兩次的，應該不會有什麼大礙才對。

「喂？」

吉田的聲音低沈，但極具挑釁意味，耕二不禁回頭看了一下。吉田的神色緊繃而蒼白，聽著電話那頭的人在講話。不過她還眞有勇氣，竟然把頭髮剪成這樣，像個念小學的小男生。

「不要，我不要回去！」吉田說，「我現在在耕二這裡，所以不用擔心啦。」

耕二霎時心頭一驚，感到指尖血脈僨張。他知道吉田這通電話是打給厚子。頓時，耕二覺得眼前的吉田是殭屍。

所以不用擔心啦。

吉田說這話的時候，那口氣擺明了是在愚弄、嘲諷對方。

耕二心驚膽跳，他猜厚子一定嚇得驚慌失措，八成穿著睡衣緊握著話筒吧。她會叫醒老公嗎？然後，將現在從女兒口中聽到的名字向老公報告？

耕二幾乎快要暈倒了，他想了所有可能最壞的情況。

「那就這樣囉，晚安。」

吉田語畢，掛上電話，目不轉睛地盯著耕二。

「幹嘛？」耕二問。

「至少在哪裡過夜要講一聲，不然她會擔心，所以打了電話給她。」吉田接著又說：「我就是不能原諒我媽！」

說完，擅自上床去拉上棉被，在床上又一個人喋喋不休地說：

「可是我要聲明哦，耕二，我並不恨你，你要喜歡誰是你的自由。可是我媽不一樣。我媽已經有我爸爸了，而且還有我。」

一口氣說完，然後說了一句「而且」，起身盯著杵在那兒的耕二。

「而且，她現在還很喜歡你呦！你能相信嗎？」

耕二一語不發，只是靜靜地站著，看著剪了一頭像稻根般短髮、削瘦的吉田。

22

「眞是難以置信。」

聽了耕二說的話，透打從心底難以置信地說。

「眞是難以置信！」

接著又說了一次。吉田現在在我家裡，耕二這麼說，說她突然間就跑來了。吉田離家出走，原本說只借住一個晚上，卻已經連續住三天了。

「你到底在搞什麼啊？」

透這麼問，耕二也老實說：

「我自己也不知道。那傢伙太孩子氣了！」

在一家可以吃到甜辣醬燒烤雞翅的店裡，耕二喝著第二杯啤酒說。

「那傢伙是誰？」

「吉田。她很恨厚子，很孩子氣吧？我猜她可能爲了讓厚子難過，才會一直纏著我不放。」

耕二看起來削瘦了點，不過還是有點肌肉，他的體型原本就瘦瘦的。高中時代健康檢查的時候，他總是被分類在「過瘦型」。

吉田——透記憶中的吉田，依然穿著制服。午休的時候，抱著一個用很可愛手帕包起來的便當，急急忙忙朝著播音室跑去。這是透對吉田殘留的印象。

「你的做法太傷人了。」

透這句話，使得耕二揚起眉毛，歪著嘴笑了笑，單側的嘴角邊凹了一個小洞。拿起一塊雞翅，將全焦的皮和肉一起啃下去，連骨頭都啃得乾乾淨淨，然後將沾滿油脂的手指，在濕毛巾上磨來磨去地擦拭。

透不明白，吉田對於耕二——或是她自己的母親——究竟是抱著什麼樣的看法。不過那時候，耕二找她一起回去，叫她星期天來家裡玩的時候，吉田都一副很開心的樣子。對高中女生而言，這通常都會讓她們很高興吧。

「關於受傷這件事啊……」耕二用濕毛巾擦著嘴說，「出生的那一剎那，誰都是沒有受傷的呦！我曾經想過這件事情，儘管天生有什麼缺陷或不自由，生病啦，或是有狠心的爸媽，但是在出生的那一剎那是完全沒有受傷的。所有人都是完美無傷地被生下來的，這很厲害吧？然後，一直活下去一直受傷，一直到死爲止，傷口不斷地增加，誰都一樣。」

透沈默片刻，認爲耕二說的沒錯。

「可是，不能因爲這樣就傷害別人吧？」

耕二又歪著嘴笑了笑。透覺得，這是一種帶著痛楚的笑，因爲讓傷口增加的人是耕二。耕二叫了第三杯啤酒。

「我沒有說這樣就能傷人啊！我只是在說，人活著就會不斷受傷。」

叼起一根菸，點上火。

「任誰都會受傷，可是女人偏偏要頑強地抵抗受傷。」

透沒有理由同意這種說法，卻也想不出理由反駁。

走出店外，地面濕漉漉的。

空氣有點冷。

「剛才下過雨啊？」

「有什麼關係，反正已經停了，無所謂。」

耕二說，透苦笑。

「好啦，無所謂啦。你眞是本性難改啊，說起話來總是這麼衝。」

再過幾天就十一月了。透穿了一件白毛衣，耕二穿了一件質料鬆垮的黑夾克，兩人在飽含水氣的空氣中並肩走著。

「對了，我找到工作了!」

耕二佇立不動，驚聲大叫，眞的假的?!

「在哪裡?什麼時候?你這樣不會太早嗎?」

透深深吸了一口清爽的夜氣。

「早一點有什麼關係，反正已經敲定了。」

接著丟下一句「這件事改天再聊」，就起步先走了。車站那裡燈火輝煌，售票機前大排長龍。

接下來要去跟詩史見面。詩史說，晚了也沒關係，不過眞的很想見他，想確定一下透的確活生生地存在著。用詩史的話說，這是詩史「逐漸失控，對自己感到很害怕」。

透臉上不禁洋溢著笑容，因爲接下來就要去見詩史了。

「再見了，代我向吉田問好。」

穿過剪票口，向要搭反方向電車的耕二道別。突然又想起什麼似的，回頭補上一句：

「對了，由利有打電話給我呦！她好像很擔心吉田的事。」

「眞的假的？什麼時候？」

耕二顯得驚慌失措。

「已經滿久了。」

透冷冷地回答，逕自踏上前往月台的樓梯。

「眞不敢相信。」

被留下來的耕二出聲喃喃說著。這麼說的話，這麼說的話……最後還有兩件重要的事要處理。

佇立在那兒的耕二像個礙事的傢伙，人潮不斷地撥開他向前流去。

這下該怎麼辦？

這次是在心裡嘀咕，這傢伙眞是夠了。

他不想回自己的公寓。打個電話給喜美子吧？這個念頭已經浮現過千百遍。夜晚的月台燈火通明，亮得發白，全是一些年輕小伙子。這個時間，喜美子的老公應該已經回家了吧。就連以前還在交往的時候，這個時間也沒打過電話給她。

「好冷哦！」

耕二擊退了因爲舊情難忘而想打電話的念頭。儘管肚子已經飽到撐，還是買了一瓶寶礦力汽水當場喝了起來。熟悉的涉谷街頭，被雨水清洗，顯得冷清寂寞卻美麗動人。

一想到「回家的話，有吉田在那裡」，就覺得很奇妙。在新宿改搭中央線，蹣跚地走在從車站到公寓的路上，耕二愈發覺得不對勁。心想，只有笨蛋才會讓自己處於不想要的處境裡。

他感到愧疚的，不是對吉田，而是對厚子。厚子說不定會認爲，反正我都跟她發生過那種事了，也會對吉田伸出魔掌。對耕二而言，這種誤解是他無法忍受的。雖然自己眞的很色，但對於戀愛不是不道德的。

「你的做法太傷人了。」

不用透說，這種事自己也清楚得很。

「可是我要聲明哦，耕二，我並不恨你。」

吉田這句話眞的讓人很痛。他還寧可是相反的，反而比較輕鬆。他希望吉田恨的不是厚子，而是自己。

門鈴聲響起後，吉田飛也似地衝到玄關。好像剛洗過澡，光滑柔嫩的臉龐配上一頭短髮，穿著睡衣的模樣好像可愛的小朋友。

「你回來啦！」

接著開心地說：好早哦。耕二出門的時候，並沒跟吉田說他今天打工要請病假跟透見面。

「妳要待到什麼時候！」

耕二粗魯地說，脫下鞋子。到處飄著一股剛洗完澡、乾淨清潔的味道。

「喂，你看這個，很可愛吧？」

吉田說著，捧了一盆像咖啡杯一般大小的盆栽給他看。ＣＤ播放機傳出和耕二興趣相悖的女歌手的歌。

「這是什麼啊！哪裡可愛了！」

盆栽裡只長著細細的莖，什麼花都沒開。

「耕二，你好故意哦。」

吉田小聲地說，一臉垂頭喪氣的樣子。

「快點搬出去啦！」

耕二繃著臉丟給她這句話。

幾天後，耕二被由利甩了。被由利叫去一家她很喜歡的——也是兩人第一次約會的地方——麵包蛋糕店，在那裡被甩了。

「我已經無法再相信你了。」

由利說這話的時候當然很生氣，看都不看耕二一眼。

耕二深深嘆了一口氣。

「然後呢？」

這麼一催，由利好像氣炸了似地抬起頭來，用跟她個性不合的激烈口吻反問：

「然後什麼呢？」

接著又加強語氣說：

「就只有這樣！這樣就已經夠了！其他還需要什麼？」

耕二沈默不語。他覺得已經沒有力氣挽留她，也沒有這種衝動，也不想做任何反駁。

「悶不吭聲的傢伙最差勁！耕二，你眞的差勁透了！」

由利語畢，咬緊嘴唇，一副強忍著不哭的樣子，狠狠地瞪著耕二。耕二又嘆了一口氣。

「不要再嘆氣了！」

被由利這麼一說，沒辦法，只好點起一根菸。女人怎麼都動不動就能哭得出來呢？

「人家那麼喜歡你，你居然……」

不過，由利的眼淚還沒有流下來。接著又以幾乎可以讓耕二退縮的能量，一句一句地打擊過來。

「你坐在電車裡的時候腳會開開的，有時候幾乎忙到根本見不到面，還有那種『女孩子只要可愛就好』、像個糟老頭般的個性，可是我還是很喜歡你。你還會穿那種領子大大的襯衫，一副好像要去當牛郎公關的樣子，我朋友說你好奇怪哦，可是我還是很喜歡你，因爲你一直對我很好……」

說到這裡，她又咬緊嘴唇。但眼淚終於滾落，抽噎著說：

「可是我受夠了。」

接著又說：

「對不起。」

這個道歉，不曉得為什麼顯得有點冷淡。由利從包包裡拿出手帕，沒有攤開，就這樣摺著摀著口鼻，一隻手肘支在桌面上，抬頭往上看，想要止住淚水。過了片刻，她用濃濃的鼻音說：

「算了。」

耕二按熄香菸，說了一句：

「對不起。」

之後又說了一次。但或許是說完馬上就站起來的關係，不過可能還是因為語調太過溫柔，而聽不見吧。

進入十一月之後，冬雨綿綿的日子持續著。

透在自己的房間喝即溶咖啡，繼續看勞倫斯．杜雷爾（Lawrence Durrell）。從

第一部《查士丁》（*Justine*）到最後《克麗雅》（*Clea*）的《亞歷山卓四部曲》（*The Alexandria Quartet*），曾經是詩史很愛看的書。

詩史看過的書全部都想看。

透這麼想著。

雖然曾想過遲早會發生這種事，但母親眞的直接去找詩史談判了。詩史在電話裡，小聲地笑著說。

「對不起。」

儘管覺得自己道歉很奇怪，不過非道歉不可。詩史又小小聲地笑了笑。

「你能出來嗎？」接著這麼問。「我們去吃點好吃的，也想跟你談談工作上的事。」

於是約好八點在「芙拉妮」見，就掛斷電話了。還說，等一下會先在老地方訂位子。

和母親談話的詳細內容，她並沒有告訴透。她說那是她跟陽子的問題，叫透不用擔心。

透想起第一次見到詩史那天的事。是經由母親介紹的，那時透是高二的學生。

「妳兒子有張頗富音樂性的臉。」

那時，詩史這麼說。

開始交往後不久，和詩史去看一場電影試映會，在會場和母親不期而遇。母親顯得頗爲震驚，不過她說難得碰到了，一起去喝杯茶吧，於是三個人走進附近一家兼賣水果的茶樓。透非常的不情願，現在也記得很清楚。不過那個時候，自己眞的束手無策。

透收拾咖啡杯，打開客廳的窗戶。東京鐵塔早已點燈，冬雨淋濕了世界。

比起那個時候，現在一切已經截然不同。

透心想：不要緊，一定不會有事的。走進浴室，沖澡。

下星期要和父親見面。雖然問題堆積如山，不過這一定是很愉快的事，根本不足爲道。

等一下見了詩史之後，應該會像最近常做的那樣，首先來個接吻吧。然後各喝一杯酒，再去老地方。老地方的落地窗，一定會朝著陽台敞開吧。夜晚的空氣悠悠地流進來。

在熱氣中，透閉上眼睛，用梨子香味的白色香皀塗抹著全身。

深夜。

耕二筋疲力盡。星期五的夜晚，店裡擁擠雜沓，還來了團體的客人，顯得分外嘈雜。吉田依然賴在家裡不走。

白天被導師叫去，說有一科必修學分很危險。報告的成績被評爲「好」，表示內容很僵硬，或許過不了關。

「啊，好渴哦！」

和美來到櫃台，爲「前田先生」點了蘭姆酒加可樂，爲自己點了一杯烏龍茶。

「和美，妳看起來總是這麼幸福。」

耕二這麼一說，和美開心地點點頭：

「當然囉。」

「妳這麼年輕，不想換個男朋友啊？」

耕二只是想隨便聊聊，和美卻煞有介事地立刻回答：

「不想！」

之後又好像在想什麼似的，說了一句「因爲」，接著開始說明起來。

「因爲，現在這種社會眞的想好好談戀愛的話，只能跟年紀大的男人呀。同年齡的男生太無聊了，而且又沒有錢！」

然後回頭看著撞球台，對「前田先生」揮手示意。

「而且，你不覺得我們前田先生很帥嗎？」

和美說，整個臉龐綻放出興奮難耐的笑容。

「夠了，謝謝招待哦！」

耕二說。說的時候，心裡還盤算著，有可能從前田手裡把這個女的搶過來嗎？雖然只有短短的一瞬間，不過這對耕二而言，是很長的一瞬間。比起想要和美，他更想知道的是，把她搶過來的可能性有多少？

首先要把吉田趕出去——。耕二心想。先消除這個疲勞再說吧——。

窗外夜色落魄，雨幕中霓虹閃爍。

後記

大阿姨的家住在港芝區，小時候，母親會帶我去玩。那是個沒有小孩、美麗的家，玄關用貝殼裝飾著。我還記得有一隻毛色鮮豔的可卡犬（Cocker Spaniel）。大阿姨和姊妹們住在那裡，我習慣叫姊姊「抽菸的阿姨」（因為她總是在抽菸），叫妹妹「做料理的阿姨」（因為她很會做菜）。雖然去的不是那麼頻繁，不過我很喜歡這個家。

這棟房子位於山坡上，回家的時候，從連接到車站長長的坡道上，可以看見正前方的東京鐵塔。由於回家的時候都在晚上，東京鐵塔總是閃閃發亮。看到這幅景象時，會覺得大人的人生眞好，我也希望快點變成大人。

當我想寫一個十九歲男孩們（中途年滿二十歲）的故事時，決定把它寫成一個有東京鐵塔守護的地方的故事。我想寫一個東京男孩們的故事。

開始連載之際，做了一些號稱田野調查的工作，我要感謝五位曾是少年的朋友，快速地協助我做了稍顯粗糙的私人訪問。然後，我恐怕不自覺地，也愛上這麼年輕的男孩們，而對於那兩位已經不太年輕的女人——詩史和喜美子——不禁非得表以敬意與同情。面對愛情，人大概非得勇敢不可。

如果你在閱讀本書的時候，會驚呼「天啊」，我會覺得很高興。

二〇〇一年　下著冷雨的秋末

江國香織

The Eurasian Publishing Group
圓神出版事業機構
用心與你對話・視野無限寬廣

方智出版社
Fine Press

http://www.booklife.com.tw inquiries@mail.eurasian.com.tw

日本女作家系列 033

寂寞東京鐵塔

作　　者／江國香織
譯　　者／陳系美
發 行 人／簡志忠
出 版 者／方智出版社股份有限公司
地　　址／台北市南京東路四段50號6F之1
電　　話／（02）2579-6600・2579-8800・2570-3939
傳　　真／（02）2579-0338・2577-3220・2570-3636
郵撥帳號／13633081　方智出版社股份有限公司
副總編輯／陳秋月
主　　編／呂燕琪
責任編輯／連秋香
美術編輯／劉婕榆
印務統籌／林永潔
監　　印／高榮祥
校　　對／沈蕙婷・連秋香
排　　版／杜易蓉
法律顧問／圓神出版事業機構法律顧問　蕭雄淋律師
總 經 銷／叩應有限公司
印　　刷／祥峰印刷廠

2004年5月　初版
2006年2月11刷

定價 260 元　ISBN 957-679-916-3

國家圖書館出版品預行編目資料

寂寞東京鐵塔 / 江國香織著；陳系美譯 --
初版. -- 臺北市 ：方智，2004〔民93〕
面 ； 公分. --（日本女作家系列 ；33）

ISBN 957-679-916-3（平裝）

861.57 93005015

105

台北市南京東路四段50號6樓之一

圓神出版事業機構 收

寄件人：

地址：

市 鄉鎮
縣 市

路（街） 段 巷 弄 號 樓

電話：（宅） （家）